Bo Sauer

Von oben ist auch eine Perspektive

Dieses Werk, einschließlich alle seiner Texte, ist urheberrechtlich geschützt. Jede Verwertung außerhalb der engen Grenzen des Urheberrechtsgesetzes ist ohne Zustimmung der Verlage, Herausgeber und des Autors unzulässig und strafbar. Das gilt insbesondere für Vervielfältigungen, Übersetzungen, Mikroverfilmungen und die Einspeicherung und Verarbeitung in elektronischen Systemen.

Die Personen und Handlungen in diesen Geschichten sind frei erfunden. Ähnlichkeiten mit lebenden und verstorbenen Personen sind rein zufällig und nicht beabsichtigt.

Bibliografische Information der Deutschen Nationalbibliothek:
Die Deutsche Nationalbibliothek verzeichnet diese Publikation in der Deutschen
Nationalbibliografie;
detaillierte bibliografische Daten sind im Internet über dnb.dnb.de abrufbar.

© 2019 Bo Sauer

Herstellung und Verlag:
BoD – Books on Demand, Norderstedt".
ISBN: 9783749428885

Danke

Herzlichen Dank sage ich den vielen lieben Menschen, die mich immer wieder ermuntern, mich literarisch zu betätigen. Menschen, die mir durch ihr Verhalten oder Erzählungen neue Ideen für kleine Geschichten geben. Mein besonderer Dank gilt in diesem Zusammenhang meinen lieben Mitautorinnen und Mitautoren aus dem Verein BördeAutoren e.V.

Nicht zuletzt bedanke ich mich auch bei Karin Pfolz, die über ihren Karina Verlag, Wien, in den letzten Monaten einige meiner literarischen Ergüsse in wunderbaren Büchern veröffentlicht hat.

Bo Sauer

Von oben ist auch

eine Perspektive

Inhalt

Wir schenken der Welt ein Licht

„In deinem Herzen leuchtet ein kleines Licht."

Die angenehme Baritonstimme unseres Meisters übertönt die leise Hintergrundmusik. Wie die anderen Kursteilnehmer sitze ich im Lotossitz auf meinem Yoga-Kissen. Wir bilden mit unseren Kissen einen Kreis, und wollen heute mit Hilfe von Licht-Yoga der Welt da draußen unsere positive Energie zukommen lassen. Vor einigen Tagen durfte ich das erste Mal die Macht des Licht-Yogas am eigenen Leib erleben. Was für ein erhabenes Gefühl, als sich über Jahre angestaute psychische Blockaden lösten. Und davon hatte ich in den letzten Jahren reichlich. Stress am Arbeitsplatz, der in Mobbing ausartete. Physische Erschöpfung bis zum Burn Out. Zuletzt auch noch Bruch meiner Beziehung mit anschließender Depression. Zum Schluss der Yoga-Übung brachen in meinem Inneren alle Dämme, die Tränen strömten und wollten gar nicht mehr versiegen. Sie spülten alles Negative fort. Dabei spürte ich ein nie gekanntes Glücksgefühl. Und nun also diese Gruppenübung. Ob sie wieder so ein grandioses Erlebnis sein wird? Ich bin ganz gespannt, habe die Augen geschlossen und atme ganz ruhig.

„Dein ganzes Herz füllt sich mit Licht. Das Licht wandert in die Lungen, und bald leuchtet dein ganzer Brustraum von innen."

Ich blicke in mein Inneres, erkenne ein helles, gleißendes Licht, welches immer größer wird und von meinem Körper Besitz ergreift. Das Leuchten wandert vom Brustraum weiter in den Bauch und das Becken. Bald erstrahlt mein ganzer Torso im Licht. Ich spüre seine wohlige Wärme, wie sie nach der Anleitung unseres Meisters vom

Bauch aus die Beine entlang, bis zu den Füßen und Zehen strömt. Ich atme weiter ganz entspannt, genieße diese angenehme Wärme.

„Das Licht wandert nun aus der Brust auch nach oben, in den Hals, in den Kopf, ebenso in die Arme und Hände."

Wie warmes Wasser flutet das helle Leuchten über meine Arme und Schultern in den Kopf. Jetzt erstrahlt mein ganzer Körper, wie ein funkelnder Stern.

„Nun nehmt Kontakt auf zu dem zentralen Himmelsgestirn, der Sonne."

Der Bariton des Meisters lenkt mein inneres Auge nach oben. Und wirklich verbindet sich mein strahlender Körper mit der von oben herableuchtenden Sonne. Ein breites, glänzendes Lichtband fällt auf unsere gesamte Gruppe hernieder. Nach und nach wird jeder einzelne von uns mit dem Licht überzogen, bis der gesamte Teilnehmerkreis wie in einer Lichtkugel eingehüllt ist.

„Das Licht wandert von euch hinaus in die Welt. Es erleuchtet den Nachbarn, die ganze Stadt, das ganze Land."

Der vormals kleine Lichtpunkt in meinem Herzen dehnt sich immer mehr aus und lässt alles um uns herum im Licht erstrahlen. Was für ein erhabenes Gefühl. Ich bin Licht, und spende meinen Glanz der dunklen Welt dort draußen. Über Grenzen hinweg, über Berge und Täler, über Meere und Kontinente erstreckt sich mein Licht und hüllt zuletzt die ganze Erdkugel ein.

„Jetzt nehmt euch bei den Händen."

Mit geschlossenen Augen taste ich nach links und rechts, spüre Finger, weiche Hände. Ich umschließe sie vorsichtig, wie einen kostbaren Schatz.

„Das Licht weitet sich weiter aus, in den Weltraum, in die Milchstraße und ferne Galaxien. Bald ist das sonst schwarze All hell erleuchtet."

Ich halte die Luft an. So etwas Schönes habe ich noch nie gesehen.

„So, und nun fangt dieses Licht ein, lasst eure Energie kreisen und gebt es an euren rechten Nachbarn weiter."

Was ist das? Von links kommend verspüre ich einen warmen Strom, der meinen linken Arm überzieht, meinen Körper durchflutet, um über meinen rechten Arm weitergeleitet zu werden. Immer stärker wird dieser Strom. Ich merke, wie er innere Verkrustungen aufbricht und jahrelang Verborgenes freilegt. Ich vermag kaum noch zu atmen. Weiter und weiter, stärker und stärker, wird dieser Strom. Und plötzlich sehe ich ihn. Aus unserer Mitte entspringt ein starker, majestätischer Strahl hellsten Lichtes, hebt sich empor ins All, um von dort die Erdkugel in gleißendes Licht zu tauchen. Und wieder brechen alle Dämme. Sturzbäche von Tränen überfluten mein Gesicht. In meinem Inneren spüre ich vollkommene Ruhe, Liebe und Frieden. Ich bin glücklich wie noch nie.

Baby hört Musik

„Ja, hallo, hier bei Kramer." „Hallo, Claudia, ich wollte nur mal hören, wie es dir so geht, eine paar Tage vor der Entbindung." „Hi, Mama, lieb, dass du anrufst. Ist ganz schön anstrengend. Ich fühle mich mittlerweile wie zwei Öltanks." Claudia lachte gequält in das Mobilteil des Telefons. „Und unser Kleines will mich irgendwie immerzu nur piesacken. Den ganzen Tag nur strampeln. Manchmal habe ich das Gefühl, gleich kommt es durch die Bauchdecke. Aua! Da, schon wieder." Sie schaute auf ihren weit vorgewölbten Bauch, wo sich just in diesem Moment ein kleiner Hügel abzeichnete. „Sag mal, war ich seinerzeit auch so lebhaft?"

Es war eine Weile still in der Leitung. „Mama, bist du noch dran?" „Ja, ja, mein Kind. Ich musste eben nur überlegen. Eigentlich hatte ich dich immer als ruhiges Kind in Erinnerung. Aber das ist nicht ganz richtig. So etwa im vierten, fünften Monat warst du auch ganz lebhaft. Ja, ich kann mich genau erinnern. Ich habe damals auch darüber geklagt, dass du mir immer von innen gegen den Bauch getreten hast." Claudias Mutter schien am anderen Ende der Leitung zu lachen. Jedenfalls ließen die glucksenden Töne aus dem Hörer darauf schließen. „Ich hatte damals von meiner Schwiegermutter den Rat bekommen, ich sollte immer dann, wenn du mal wieder ganz wild gestrampelt hattest, mit kreisenden Bewegungen den Bauch massieren. Aber das hat nicht geholfen. Im Gegenteil, fast schien es, als würdest du dadurch angestachelt, noch kräftiger zu trampeln. Ich war in der Zeit auch ziemlich mit den Nerven fertig. Dann gab mir meine alte, weise Hebamme den Tipp, ich sollte eine Schallplatte mit einer schönen Musik auflegen, die mir persönlich gefiel." Claudia fiel ihrer Mama ins Wort: „Ma, jetzt erzähle mir aber kein Quatsch. Du willst mir doch wohl nicht weismachen, das hätte geholfen." „Ha, ha, ha! Beim ersten Mal bin ich auch richtig reingefallen. Da hatte ich von meinen Tanzplatten was aufgelegt, und das erste Stück war eine Samba. Also, ich hatte den Eindruck, du hast sogar im Takt mit gestrampelt." Wieder ertönte ein dunkles Lachen aus dem Hörer. „Aber als ich dann eine meiner Lieblingsfilmmelodien auflegte, hat es tatsächlich funktioniert. Ja, ich glaube, John Barry hat dich wirklich beruhigt." „Du willst mich wohl auf den Arm nehmen." Claudias Stimme klang verärgert. „Ich glaube nicht, dass durch die dicke Fettschicht meines Öltanks irgendein Ton hindurchdringt Jedenfalls merke ich überhaupt keinen Unterschied, wenn mal das Radio läuft oder nicht." „Also, bei mir hat das geholfen. Du bist doch fit mit deinem Smartphone. Geh doch mal auf YouTube und suche nach Moviola." „Hab ich noch nie gehört, was ist das denn?" „Na, such einfach, und probiere es aus." Tut, tut, tut. Claudias Mutter hatte einfach aufgelegt.

Na, ich kann es ja mal ausprobieren. Schaden kann es ja nicht. Schon betätigte Claudia an ihrem Handy die entsprechende App und gab den Suchbegriff ein. Es dauerte etwas länger als sie gewohnt war. Aber schließlich fand sie doch das richtige Stück, eine Instrumentalversion von dem großen englischen Filmmusiker. Sie lud sich den Song runter, und stellte die moderne Midi-Anlage an, die Musik per Bluetooth wiedergeben konnte. Leise erklang eine wunderschöne Melodie. Claudia stutzte. Irgendwie kam ihr die Melodie bekannt vor. Sie schaute noch einmal auf ihr Handy. Nein, mit dem Titel und der Kurzbeschreibung konnte sie nichts anfangen.

Dennoch, irgendwie ging ihr die Melodie nicht aus dem Kopf. *Die hast du doch schon mal irgendwo gehört.*

Da sie sich so auf die berührende Musik konzentrierte, war ihr gar nicht aufgefallen, dass es in ihrem Bauch plötzlich ruhig geworden war. Kein Strampeln, keine sich auftürmende Hügellandschaft mehr. Sie legte beide Hände auf die weit ausladende Kugel. Plötzlich verspürte sie ein heftiges Ziehen im unteren Rücken, und schnappte heftig nach Luft. *Es scheint los zu gehen,* dachte sie. „Stefan, Stefan, ich glaube, unser Kind will raus", rief sie in Richtung Arbeitszimmer. „Komm, du musst mich in die Klinik bringen."

Einige Wochen später. Claudia hatte eine süße Tochter entbunden. Es war ein wahres Goldstück. Und in der hiesigen Welt genauso lebhaft wie einst in der Geborgenheit des Mutterleibes. Als junge Mutter hatte sie mit ihrer Erstgeborenen alle Hände voll zu tun, stillen, wickeln, baden, und so weiter. An das Telefonat mit ihrer Mutter hatte sie nicht mehr gedacht. Nun war sie gerade dabei, ihre Tochter Clarissa auf dem Wickeltisch mit einer frischen Windel zu versorgen. Wie so häufig lief nebenan das Radio. Da hörte sie zufällig, wie der Moderator einen besonderen Hörerwunsch bekanntgab, eine alte, wenig bekannte Filmmelodie von einem englischen Komponisten. Und schon strömten die leisen Töne von Moviola durch den Raum. Claudia stutzte und drehte leicht den Kopf. Ihr fiel plötzlich das Telefonat mit ihrer Mutter wieder ein und sie musste schmunzeln. *Wie war das nun, hatte die Musik tatsächlich ihr Töchterchen beruhigt, oder wollte das Kind damals einfach nur raus aus dem Bauch?*

Claudia drehte sich um und bekam große Augen. Statt wie sonst auf dem Wickeltisch zu strampeln, lag Clarissa ruhig auf dem Handtuch, hatte beide Ärmchen ausgetreckt und ihr Gesicht der Tür zum Nebenraum zugewandt, woher immer noch die sanfte Melodie herüberklang. Das Baby lächelte verzückt, die kleinen blauen Augen strahlten besonders hell.

Begegnung am Muttertag

Es ist noch recht frisch an diesem frühen Morgen im Mai. Glänzender Tau liegt auf dem frischen Grün der Heidelbeersträucher, die sich rechts und links des Weges in den lichten Buchenwald erstrecken. Hier und da durchbrechen dichte Pulke von blühenden Buschwindröschen mit ihrem strahlenden Weiß den vom Laub des letzten Winters rotbraun zugedeckten Waldboden. Zwischen den weit auskragenden Ästen der mächtigen Buchen hängt noch der Dunst der letzten Nacht. Über dem Wald liegt eine andächtige Ruhe. Still ist es aber nicht. Von überall her erklingt ein Pfeifen, Trillern oder Klopfen, mal leis aus der Ferne, mal laut von nebenan. Die Vögel des Waldes sind schon wach und wollen mit ihren Lock- und Balzlauten eine Partnerin für das Brutgeschäft gewinnen.

Auf dem Waldweg geht eine Frau mit festem Schritt, so als hätte sie ein klares Ziel. Sie hält kurz inne und lauscht eine Weile den Tönen des Frühlings. Da, weit oben über den Baumwipfeln ist gerade das sonore „klong, klong" eines Kolkraben zu hören. Die Frau hebt ihr Gesicht und sucht am Himmel nach dem einsamen Rufer. Aber noch hat die aufgehende Sonne nicht die Kraft, den Dunst der Nacht zu verdrängen. Wie alt mag die Wanderin sein? Ihr rundes Gesicht ist von nur wenigen Falten durchzogen. Braun glänzende Augen blicken neugierig aus einem freundlichen Gesicht. Sie scheint mit sich und ihrem Leben zufrieden zu sein.

Ist der Turm schon zu sehen? Ute setzt ihren Weg fort, den Daumen der linken Hand hinter dem Riemen einer kleinen Spiegelreflexkamera eingehakt, die über ihrer linken Schulter hängt. Sie will am heutigen Muttertag den Aussichtsturm am Rennsteig

16

oberhalb des Möhnesees besteigen, um den nahenden Frühlingstag mit ihrer Kamera einzufangen. In den letzten Jahren war sie oft in der Früh mit Thomas auf dem Turm gewesen, um entweder Fotos zu schießen oder nur den wundervollen Blick über den See und den Haarstrang zu genießen. Thomas war ihr Sohn, der im letzten Sommer auf seinem geliebten Motorrad ums Leben kam. Nein, er war keiner dieser unvernünftigen Raser, sondern ein besonnener Fahrer, der seine Touren durch die gewundenen Straßen des Sauerlandes liebte. Ein Lastwagen hatte das Zweirad übersehen und die Vorfahrt nicht beachtet. Thomas hatte keine Chance. Ute ist sich sicher, am heutigen Muttertag wäre Thomas mit ihr wieder gemeinsam auf den Turm gestiegen. Sie wischt sich eine kleine Träne aus dem Augenwinkel.

Nein, sie will nicht trauern. Alles hat seinen Sinn, Thomas hat bereits eine Stufe erklommen, die sie irgendwann, wenn ihre Zeit gekommen ist, ebenfalls empor steigen wird. Bis dahin wird sie ihr Leben meistern, so wie sie auch damit klar gekommen ist, als ihr Mann Heinz sie vor Jahren wegen einer Jüngeren verlassen hat. Damals musste sie lernen, allein für sich und Thomas zu sorgen. Sie hat es, wenn auch mit Mühen und mitunter unter einsamen Tränen, gemeistert und ist dadurch gereift. Alles hat seinen Sinn.

Aus dem Dunst erhebt sich vor ihr links am Waldrand der hohe, eckige, mit senkrechten Rundhölzern verkleidete Aussichtsturm. *Ach, wäre doch Thomas jetzt bei mir, denkt Ute. Er würde mich an die Hand nehmen und sicher über die durchsichtigen Gitterstufen nach oben zur Aussichtsplattform und auch wieder hinunter geleiten.* Nach wie vor leidet sie an Höhenangst, obwohl sie doch schon so oft den Turm erklommen hat. *Muss ich halt durch. Der Blick von oben wird mich entschädigen.* Sie begibt sich in den Turm und steigt langsam die rings an der Außenwand angebrachten Gitterstufen empor, die rechte Hand das Treppengeländer ängstlich umkrampfend. Auf halber Höhe gibt es innerhalb des Turms eine erste Plattform. Hier gönnt sich Ute eine kleine Pause und schaut durch die fensterartige Öffnung in der Holzverkleidung auf den See. Lange wird es nicht mehr dauern, bis die Sonnenstrahlen die letzten Dunstschleier aufbrechen. *Das wird heute wieder ein wunderschöner Tag.* Ute schaut andächtig über den See, auf dessen spiegelnder Wasserfläche sich die Farben der gegenüberliegenden Wiesen und Felder wiederholen. Dann setzt sie ihren mühsamen Weg nach oben fort.

Gerade als sie aus dem Inneren des Turms die oberste Plattform betritt, bricht die Sonne durch den Dunst und lässt das frische Grün des tiefer liegenden Waldes erstrahlen. *Wie schön ist dieses Fleckchen Erde.* Ute ist immer wieder fasziniert von der herrlichen Landschaft rund um den See. Von hier oben lassen sich sogar die Rapsfelder mit ihrem leuchtenden Gelb am gegenüber liegenden Haarstrang erkennen. Wie von selbst machen ihre Hände die Kamera schussbereit, und schon hat Ute mit gekonntem Blick die schönsten Motive auf dem Display. Klick, klick, klick...

Eine ganze Reihe von Bildern ist schnell im Kasten. Plötzlich vernimmt Ute ein tiefes Seufzen. Sie erschrickt und dreht sich um. Durch den herrlichen Ausblick hat sie gar nicht mitbekommen, dass da noch jemand auf dem Turm ist. Auf der dem dichten Wald zugewandten Seite des Turms steht ein mittelgroßer Mann. Mit ausgestreckten Armen auf dem Geländer abgestützt, schaut er steil nach unten. Wieder ein Seufzen. Ute überfällt ein beklemmendes Gefühl. *Der will doch nicht springen?* Langsam nähert sie sich und mustert dabei eingehend die Gestalt. Der hängende Kopf offenbart leicht angegraute Haare, zerzaust, so als hätte sich der Mann noch kurz zuvor verzweifelt die Haare gerauft. Zu der eher stattlichen Figur will die äußere Erscheinung nicht so recht passen. Irgendwie sieht es so aus, als würde der Mann schon eine Weile keinen besonderen Wert mehr auf sein Äußeres legen.

„Hallo, ist Ihnen nicht gut? Kann ich Ihnen irgendwie helfen?" Ute nimmt ihren ganzen Mut zusammen und geht noch ein paar Schritte auf den Fremden zu. Der Mann zuckt zusammen und dreht erschrocken seinen Kopf. *Oh, lange nicht rasiert*, denkt Ute und blickt in ein bleiches, ausgemergeltes Gesicht mit einem mehr als nur Drei-Tage-Bart. Dunkle, tief liegende Augen fixieren sie mit ver-zweifelndem Blick. Ohne ein Wort von sich zu geben, blickt der Mann wieder in die Tiefe. Dabei straffen sich seine Arme, so, als wolle er Kraft für einen Schwung über das Geländer sammeln. „Nein! Nicht!" Ute schreit entsetzt auf. „Was machen Sie denn da!" Sie packt instinktiv seinen Arm. Der Mann versucht noch, ihren Griff abzuschütteln, als er plötzlich laut schluchzend in sich zusammen sackt.

Eine Weile lässt Ute den am Boden Hockenden weinen. Er tut ihr leid, und unbewusst streicht sie ihm sanft über das zerzauste Grauhaar, bis das Schluchzen immer leiser wird und schließlich ganz verstummt. „Kommen Sie. Ich denke, wir sollten erst einmal runter von diesem Turm. Und dann erzählen Sie mir, was sie so verzweifeln lässt." Vorsichtig hilft sie ihm auf. „Aber jetzt müssen Sie mir erst einmal helfen. Allein komme ich nicht heil über diese durchsichtigen Gitterstufen wieder nach unten." Ute lächelt gequält. „Ich habe nämlich Höhenangst."

Sie hakt sich fest unter seinem Arm ein, und er lässt sich widerstandslos zur Treppe führen. Dort bleibt sie noch einmal stehen und zeigt mit ihrem freien Arm in die Runde. „Schauen Sie doch mal, wie schön die Welt um uns herum ist. Und das wollen Sie wegwerfen?" Dann steigen beide langsam, sich gegenseitig stützend, die offene Treppe hinab. Ute atmet erleichtert auf, als sie wieder festen Waldboden unter ihren Füßen spürt. Sie führt den immer noch Schweigsamen zu einer der um den Turm herum aufgestellten Holzbänke. „So, nun sagen Sie mir mal, was Sie bedrückt. Ich bin eine gute Zuhörerin und werde auch nichts weitererzählen." Ute drückt ihren Begleiter auf die Bank, setzt sich neben ihn und blickt ihm aufmerksam ins Gesicht.

„Ich weiß nicht mehr weiter." Nur schleppend kommen die Worte über seine Lippen. „Nach so vielen Jahren hat mich vor einigen Wochen meine Silvia verlassen. Krebs, es ging ganz schnell. Morgens klagte sie erstmals über Schmerzen, mittags dann die schreckliche Diagnose, und schon wenige Tage später war sie tot." Der Ergraute stockt und fährt sich aufgewühlt mit einer Hand durch seine krausen Haare. „Ich war wie gelähmt, konnte es nicht begreifen, dass meine liebe Frau nicht mehr da ist. Und ich komme mit dem Alleinsein nicht zurecht, auch nicht mit der Arbeit rund um unser Haus mit dem großen Garten. Das war bisher immer Silvias Reich. Alles hat Silvia immer allein erledigt. Ich habe dafür zwei linke Hände. Was ich auch anpackte, es ging meist schief." Er blickt auf seine Hände.

Ute schüttelt leicht den Kopf, nimmt seine Hände in die ihren und dreht sie hin und her. „Sie haben doch ganz passable Hände, an denen nichts auszusetzen ist. Ich denke eher, sie haben es bisher nur nicht richtig probiert." Sie legt seine Hände sanft wieder auf die

Oberschenkel. „Ich hatte versucht, mich durch meine Büroarbeit abzulenken. Und dann bekam ich letzte Woche auch noch die Kündigung. Meine Firma muss Personal abbauen. Ich habe nie daran gedacht, dass es mich treffen könnte. Aber ich bin wohl schon zu alt." Er senkt den Kopf. „Und zu nichts mehr nütze." Eine Weile ist er still. „Und dann heute, Muttertag. All die Jahre habe ich immer Blumen für Silvia gekauft. Unsere Tochter hat uns vor Jahren im Streit verlassen. Wir haben keinen Kontakt mehr. Und so habe eben ich an Muttertag meiner Frau seither Blumen geschenkt. In diesem Jahr habe ich die Blumen vergessen. Das ist mir erst bewusst geworden, als ich heute nach schlafloser Nacht aufgestanden bin. Ich war so durcheinander, musste raus und bin ohne Ziel in den Wald gegangen. Wie ich auf den Turm gekommen bin, weiß ich gar nicht mehr so richtig. Oben dann ist es über mich gekommen. Ich wollte nur noch zu Silvia, wollte meinen Frieden wieder finden." Der Mann vergräbt sein Gesicht in den Händen und weint still vor sich hin.

„So, so, einfach Schluss machen. Wie dumm. Dadurch hätten Sie doch keins ihrer Probleme gelöst. Die hätten Sie nur mitgenommen in die Ewigkeit." Ute klingt leicht verärgert. „Probleme können Sie nur hier in diesem Leben lösen. Und glauben Sie ja nicht, Sie wären der Einzige, dem Trauriges widerfahren ist. Mein Mann hat mich für eine andere verlassen, mein Sohn ist letztes Jahr verunglückt. Ich bin mit Gottes Hilfe damit fertig geworden. Letztlich haben mich die Schicksalsschläge stärker werden lassen."

Ute nimmt dem Mann die Hände vom Gesicht und sieht ihm fest in die Augen. „Es gibt immer einen Weg. Sie müssen es nur wollen. Und ich kenne einen Weg, der kann Ihnen dabei helfen." Ute blickt auf ihre Armbanduhr. „Ja, das schaffen wir noch. Und es ist sowieso

21

besser, wenn wir jetzt von hier verschwinden." Über den Waldweg nähert sich eine große Gruppe Wanderer, mit Rucksack und Stock, laut schwatzend und lachend. Die vormals wohltuende Ruhe ist plötzlich störendem Lärm gewichen. „Kommen Sie, mein Wagen steht am Torhaus." Der Mann erhebt sich willenlos und folgt Ute schweigend.

Ute parkt ihren Wagen in einer ruhigen Soester Seitenstraße unter einem voll blühenden Weißdornbaum. Sie zeigt auf ein Gebäude mit hoch aufragendem Giebel gegenüber. „Ich bin mir sicher, dort werden Sie neue Kraft und frischen Mut schöpfen." Beide gehen auf die kleine Treppe zu, die zum Eingang führt. „Guten Morgen. Herzlich willkommen in unserer kleinen neuapostolischen Gemeinde." Ein Mann in schwarzem Anzug begrüßt die beiden lächelnd mit Handschlag. „Ich wünsche Ihnen einen friedvollen Gottesdienst." Ute ergreift spontan die Hand ihres Begleiters, hält sie fest und führt den erstaunt um sich Blickenden die Treppe hinauf zum Altarraum.

Cloud

So, die Gespenstergeschichte für Markus ist geschafft. War ein hartes Stück Arbeit. Das vorgegebene Thema war ungewohnt, und ich musste mich erst einmal in diese Aufgabe rein finden. Ich bin eben noch ein Neuling in dem kleinen, aber feinen Autorenstammtisch, dennoch bin zufrieden mit dem Ergebnis. Auch wenn es keine wirklich klassische Gespenstergeschichte mit Gespenstern, weißen Frauen, zerfallenen Burgen oder dichtem Nebel geworden ist. Ich wollte einfach etwas Modernes schreiben, aus unserer Zeit. Und so ist mir diese Geschichte mit dem Phantom aus dem virtuellen Netz eingefallen. Nun aber schnell noch die Geschichte sichern, in die Cloud hochladen und speichern. Die letzte Arbeitswoche und das intensive Schreiben haben mich ziemlich geschlaucht, ich freu mich auf das Wochenende. Einfach mal die Beine hochlegen und die Seele baumeln lassen. Heute ist es auch spät geworden, ich muss jetzt wirklich ins Bett.

Ich träume, ziemliches Durcheinander, Kabelsalat, CDs, Lichtpunkte, die sich rasend schnell auf einen Punkt am Horizont hin bewegen. Dann wieder ein PC, eine schwarze Tastatur. Mein Gesicht spiegelt sich im dunklen Display des Flachbild-schirms. Mein Gesicht? Sehe ich wirklich so aus? Ich erblicke einen abgemagerten Kopf mit tief liegenden dunklen Augen. Sieht aus wie ein Totenschädel. Ich klimpere mit meinen langen, dünnen Fingern wie wild auf der Tastatur herum, und der Kopf vor mir wird größer und größer. Er scheint direkt aus dem Bildschirm auf mich zuzukommen. Dazu dieses kreischende Geräusch.

Ich wache auf. Im Zimmer ein diffuses Licht. Die Straßenlaterne von gegenüber schafft so viel Helligkeit in das Schlafzimmer, dass ich den Kleiderschrank an der Wand gut erkennen kann. Da, wieder dieses Kreischen. Nicht sehr laut, aber gut hörbar. Träume ich immer noch? Ich bin noch nicht ganz wach und etwas orientierungslos. Deshalb drehe ich meinen Kopf, um den anhaltenden Lärm zu lokalisieren. Er kommt von oben, scheinbar aus meinem Wohnzimmer. Ah, ja, jetzt erkenne ich das Geräusch - der Drucker. Alle paar Wochen springt er plötzlich von allein an und reinigt die Druckerdüsen. Meistens geschieht dies in der Nacht. Hört sich dann im sonst ruhigen Haus recht schaurig an, wenn so mir nichts, dir nichts der Drucker anfängt zu rattern. Komisch, hat er sich nicht erst vor ein paar Tagen, ich meine Nächten, gereinigt?

Aber nein ... das ist ja gar nicht das übliche Reinigungsgeratter. Von oben kommt eher ein lautes Kreischen. Dasselbe Kreischen, das zu hören ist, wenn ich drucken will und vergessen habe, genug Papier einzulegen. Kann der Drucker kein neues Blatt mehr ziehen, wehrt er sich üblicherweise mit eben diesen Klagelauten.

Das Kreischen oben hört nicht auf. Ich habe das Gefühl, als würde dieses penetrante Geräusch die ganze Wohnung ausfüllen. Ich schäle mich aus dem Bett und tappe noch recht unbeholfen auf nackten Füßen die enge Wendeltreppe nach oben. Mein Schlafzimmer liegt nämlich im Untergeschoss des Hauses, gleich neben dem kleinen Bad mit der Duschkabine.

Oben erst mal Licht machen. Die große Deckenleuchte flammt auf, und ich muss meine Augen schließen, so grell schießt das gleißende Licht in meine noch weit geöffneten Pupillen. Langsam hebe ich die

Lider und sehe die Bescherung. Jede Menge Blätter liegen auf dem Fußboden, verstreut vor dem Drucker im Regal. Zwei oder drei Seiten ruhen noch auf dem schmalen Auszug, der normalerweise die frisch bedruckten Blätter aufnehmen soll.

Der Drucker kreischt immer noch, will weiter Blätter aus dem unten eingeschobenen Magazin nachladen. Ich tappe durchs Zimmer und schalte ihn ab. Sofort tiefe Stille. Auf dem Fußboden liegen ungefähr 40 weiße Blätter. Ich erinnere mich, dass ich am Nachmittag einen großen Packen Papier in das Magazin gelegt habe, um noch meine Gespenstergeschichte auszudrucken.

Blatt für Blatt klaube ich vom Fußboden auf. Alle Blätter sind weiß, jedenfalls kann ich sonst nichts erkennen. Halt! Da, auf dem einen Blatt scheint etwas zu sein. Kaum zu erkennen, die Schrift ist sehr blass, anscheinend in ganz hellem Gelb gedruckt meine Brille liegt noch unten auf dem Nachttisch, und so muss ich das Blatt dicht vors Gesicht nehmen und etwas schräg halten, um die Buchstaben lesen zu können. Es sind einzelne Buchstaben, sie stehen weit auseinander, so dass ich Mühe habe, sie zu einem Wort zusammenzufügen.

C L O U D, ja da steht cloud. Jetzt sehe ich es ganz deutlich. Was ist das? Wo kommt das her? Ich bin verblüfft und schaue noch mal auf das Papier. Da stehen tatsächlich fünf einzelne, weit auseinanderstehende Buchstaben. Eindeutig, von links nach rechts ergeben sie deutlich das Wort cloud. Ich durchsuche die anderen Blätter. Nichts, sie sind alle weiß, von beiden Seiten. Ich kann mir keinen Reim darauf machen. Der spinnt mal wieder, der Drucker, geht es mir durch den Kopf. Ich lege den Papierhaufen auf den Tisch neben meinen PC und schleiche nachdenklich zurück in mein Bett.

Sofort falle ich in einen bleiernen Schlaf. Am nächsten Morgen wache ich erst spät auf und koche mir erst mal eine große Kanne Kaffee. Mit dem Kaffee geht's an den PC. Die Geschichte aus der Nacht lässt mir keine Ruhe. Was ist da mit dem Drucker passiert? Ich muss mal über den PC die Einstellungen überprüfen. Vielleicht finde ich ja irgendetwas.

Der PC fährt hoch, der Anmeldebildschirm leuchtet auf. Passwort eingegeben, ENTER gedrückt, … und es passiert nichts. Passwort falsch! Ich bin überrascht. Habe ich mich vertippt? Also noch mal, ENTER. Wieder nichts. Das gibt's doch nicht! Das kann nicht sein! Nochmals, Buchstabe für Buchstabe, ganz langsam und mit voller Konzentration. Wieder diese unerbittliche Mitteilung, Passwort falsch! Betroffen schaue ich auf. Das glaube ich jetzt nicht!

Plötzlich schießt mir ein stechender Schmerz durch den Kopf. Ich stöhne auf und drehe mich zu Seite. Da fällt mein Blick auf den Drucker. Mein Kopf dröhnt wie verrückt. Wie war das gestern? Was habe ich da geschrieben, in der Gespenstergeschichte? Ich stöhne auf. Nein, das kann doch nicht sein. Jetzt fällt es mir wieder ein. Das Phantom aus dem Netz hat in meiner Geschichte ein Passwort verändert. Hab ich mich so mit der Geschichte identifiziert, dass ich gestern mein Passwort ohne nachzudenken verändert habe? Wie von ganz allein finden meine Finger die Buchstaben auf der Tastatur, CLOUD. Ich zögere. Soll ich ENTER drücken? Soll ich? Ich kann vor Kopfschmerzen keinen klaren Gedanken mehr fassen. Dann betätige ich die ENTER-Taste.

Unmittelbar wechselt der Anmeldebildschirm in meine bekannte Startseite, den weiten verlassenen Strand. In meinen Ohren summt der Blutstrom aus meinen Adern. Mein Puls füllt den Kopf wie Paukenschläge. Ich habe keine Erinnerung an gestern. Aber irgendwann muss ich doch mein Passwort geändert haben. Irgendwie will mir der Kaffee heute nicht schmecken. Jeder Schluck rinnt wie eine bittere Brühe in den Magen. Jetzt hab ich auch noch zu viel Kaffeepulver in die Kaffeemaschine gefüllt. Mir wird mit einem Mal schwindelig, alles Blut sackt aus meinem Kopf, und ich lasse mich in den Sessel fallen. Erst einmal tief durchatmen.

Nichts habe ich gefunden. Nichts, was auch nur im Entferntesten erklären könnte, warum in der Nacht der Drucker die vielen Blätter ausgespuckt hat. Vor mir liegt die dicke Bedienungsanleitung. Ein paarmal habe ich sie schon durchgeblättert. Nichts, kein einziger Hinweis. Und wieso steht auf einem einzigen Blatt das Wort CLOUD? Ich hatte mir vorhin bei Tageslicht die Blätter noch einmal ganz genau angeschaut. Alle Weiß, bis auf dieses einzige Blatt mit diesen blassen, gelben Buchstaben.

Immer wieder kommt mir meine Gespenstergeschichte in den Sinn. Net MacCloud, ja MacCloud, so habe ich das Phantom genannt, das im world wide web sein Unwesen treibt. Net MacCloud, immer wieder geht mir dieser Name durch den Kopf. Hat das mit dem bedruckten Blatt zu tun? Quatsch! Das ist doch nur ein Hirngespinst, eine Phantasiefigur, die ich für meine Geschichte erfunden habe. Quatsch, sage ich laut zu mir selbst, so als wollte ich damit alle meine zweifelnden Gedanken vertreiben.

Da fängt plötzlich mein Handy an zu vibrieren. Wie immer, wenn ich zuhause bin, liegt es auf dem kleinen Couchtisch. Es vibriert immer noch und gleitet dabei lang-sam über die Tischplatte. Ich nehme es in die Hand. Komisch, ich kann mich nicht erinnern, es auf lautlos gestellt zu haben. Ein Wisch mit dem Finger über den unteren Rand des Displays, schnell die vier Ziffern für den Code eingegeben und schon bin ich drin. In WhatsApp ist eine Nachricht angekommen. Ich berühre die App mit meinem Zeigefinger, und sehe nur ein Bild. Nein! Kein Bild! Da, wo eigentlich ein Bild im quadratischen Rahmen sein sollte, ist alles schwarz. Ich bin verblüfft und suche nach einem Absender, nichts zu finden. Hat mir da irgendein Blödmann eine mit Viren verseuchte Nachricht geschickt? Vorsorglich klicke ich meine Anti-Viren-App an und lasse die eingegangene Meldung überprüfen. Alles sauber.

Was ist das da, mit dem Bild? Nach kurzem Zögern tippe ich mit dem Zeigefinger auf das schwarze Quadrat. Mit einem Mal wird das ganze Display dunkel. Aus dem schwarzen Schirm schiebt sich ein Kopf, schemenhaft und unscharf. Ich erkenne trotzdem ein eingefallenes Gesicht mit großen, dunklen Augen. Ein Totenkopf, schießt es mir durch den Sinn. Mein Totenkopf! So wie ich ihn gestern Nacht geträumt habe. Oder habe ich gar nicht geträumt? Wieder fängt mein Kopf an zu dröhnen. Ich schließe die Augen und versuche, mich auf meine Atmung zu konzentrieren. Tief ein und aus, und noch mal, tief ein und aus.

Ich blinzle vorsichtig durch meine halb geschlossenen Lider. Das Bild ist noch da. Jetzt bewegt sich der Kopf auch noch, kommt auf mich zu, wird immer größer. Ich reiße die Augen auf und stiere mein Handy an. Immer muss ich auf diesen Kopf schauen, ich kann den Blick nicht lösen. Da erscheint wie aus dem Nichts auf der Stirn dieses abgemagerten Schädels eine Schrift. Rote Buchstaben, halb zerlaufen, als würde die blasse Haut bluten. Ich buchstabiere laut - CLOUD.

Wie erstarrt stehe ich im Zimmer, das Handy noch immer in der Hand. Ich starre auf das Bild. Vor meinen Augen beginnt es zu flimmern, grelle Blitze zucken durch mein Hirn. Langsam hebe ich meine freie Hand, fahre mir übers Gesicht und bedecke meine Augen. Immer noch stehe ich da wie eine Säule. Das Pochen in meinem Kopf hat sich zu einem wahren Stakkato entwickelt. Stocksteif stehe ich da, die Hand vor dem Gesicht. Ganz langsam werde ich ruhiger, das Stakkato geht langsam zurück, es wird leiser und erlischt schließlich ganz.

Vorsichtig nehme ich die Hand herunter und öffne meine Augen, das Handy in meiner linken Hand. Das Bild ist vom Display verschwunden. Ich sehe einen Wasserfall, mein Handy-Hintergrundbild. Ich werde immer ruhiger, die Verkrampfung löst sich. Was war das? Was geht hier vor?

Wieder muss ich an meine Geschichte denken, an mein Phantom Net MacCloud. Spielen mir meine Nerven einen bösen Streich? Oder hab ich in den letzten Tagen einfach zu viel gearbeitet und mich in meiner Geschichte verstrickt? In den letzten Nächten habe ich immerhin ziemlich schlecht geschlafen. Ich brauche jetzt unbedingt frische Luft und hole meine Wanderschuhe aus dem Keller.

Mein bekannter Rundgang durch den nahen Wald war nicht wirklich entspannend. Unter den Bäumen kommen mir sonst immer so tolle Ideen, fallen mir neue Geschichten und Texte ein. Heute gab es nur einen Gedanken, der mich durch den ganzen Wald verfolgte - Net

MacCloud. Immer wieder drängte er sich auf, auch wenn ich mich bemühte, an etwas anderes zu denken. Keine zwei Sekunden konnte ich einen anderen Gedanken halten, schon war er wieder da - Net MacCloud. Nicht, dass ich Kopfschmerzen hatte oder dass mich das Phantom in meinem Kopf quälte, nein, er war einfach nur ständig präsent und verdrängte jeden anderen Gedanken. Ich hatte keinen Blick für das Spiel der Sonnenstrahlen in den stark verzweigten Kronen der mächtigen Buchen. Ich hörte zwar in der Ferne das typische „Rah, Rah" eines Kolkraben, ohne aber den hier im Wald immer mehr heimisch werdenden Vogel wirklich wahrzunehmen. Immer war er in meinem Kopf, er - Net MacCloud.

Jetzt bin ich wieder zuhause und bemerke ein rotes Blinken am Telefon. Da hat wohl jemand in der Zwischenzeit angerufen und eine Nachricht auf dem Anrufbeantworter hinterlassen. Ich gehe zum Telefon und drücke die rote Taste. Die bekannte Frauenstimme vom Band sagt an, dass vor ca. einer halben Stunde ein Anruf für mich eingegangen ist, dann erklingt ein Piep. Piep..., Stille, kein Laut, kein Schnaufen, kein Atmen, einfach nichts. Fast eine Minute tiefste Stille, bis ein erneutes Piep anzeigt, dass der Anruf wohl zu Ende ist.

Ich blicke ratlos auf mein Telefon. Dann nehme ich den Hörer des schnurlosen Telefons vom Netzteil und drücke auf die Taste für die Anruferliste. Eine mir unbekannte Nummer erscheint. Ich drücke auf Rückruf, warte. Nach kurzer Zeit höre ich die synthetische Stimme aus dem Äther - kein Anschluss unter dieser Nummer. Verwirrt schaue ich mir die Nummer auf dem Display an. Sie besteht aus fünf Ziffern. Ich lese laut 2 – 5 – 6 – 8 – 3. Nein, diese Nummer ist mir völlig unbekannt. Nur diese fünf Ziffern, ohne Vorwahl. Nein, kenne ich nicht. Eher zufällig fällt mein Blick auf den Ziffernblock in meiner

Hand. Mit einem Mal wird mir siedend heiß. 2 – 5 – 6 – 8 – 3 Ich erkenne die Buchstaben neben den Ziffern auf der Tastatur, und mein Blick wird hart. 2 wie C, 5 wie L, 6 wie O, 8 wie U, 3 wie D. Die Ziffernfolge ergibt CLOUD.

Wie betäubt stelle ich das Telefon wieder auf sein Netzteil. Mein Gesicht brennt wie Feuer. Ich wage kaum zu atmen, dann falle ich schwer in den Sessel. Ja spinne ich denn? Sehe ich jetzt schon Gespenster? Wer will sich da mit mir einen schlechten Scherz erlauben? Hab ich etwa Wahnvorstellungen? Ich stemme meinen Kopf auf meine beiden Arme und fahre mir mit einer Hand durch schweißnasse Haare.

Langsam komme ich wieder zu mir. Ich streiche mir eine feuchte Haarsträhne aus der Stirn und hebe den Kopf. Vor mir auf der niedrigen Anrichte steht der Router. Ich habe ihn genau im Blick, mit seinen fünf grünen Leuchtdioden. Fünf grüne Leuchtdioden? Halt, da stimmt doch etwas nicht. Normalerweise ist der Router dort auf dem Schrank mit seinem grünen Licht ein ruhender Pol in meinem kleinen Wohnzimmer. Doch heute springen die grünen Punkte unruhig hin und her. Kein ruhiges Bild, immer wieder ein grüner Punkt nach dem andern, alles durcheinander. Immer durcheinander? Oder doch nicht? Was ist das? Irgendwie kommt es mir so vor, als hätte dieses Hin- und Herspringen der grünen Punkte ein bestimmtes System, einen Rhythmus. Kurz, lang, lang, kurz. Langes Leuchten, dann wieder schnell weg, dann wieder länger anhaltend. Ich schaue fasziniert auf das scheinbar willkürliche Spiel der grünen Punkte. Plötzlich schießt mir eine Idee durch den Kopf.

Ich springe aus dem Sessel und haste die Wendeltreppe hinunter in den Keller. Dort unten habe ich in einem Pappkarton alte Bücher aufbewahrt. Ich wühle in dem Kar-ton, bis ich das kleine, blaue Buch gefunden habe. Das kleine ABC der Segler. Ich blättere hastig einige Seiten um, bis ich es gefunden habe, das Morse-Alphabet. Ist es eine düstere Ahnung, oder hat sich das Spiel der grünen Punkte schon ganz tief in mein Gehirn eingebrannt? Den Rhythmus kann ich auswendig. Kurz, lang, schnell, langsam. Ich schaue das Alphabet durch. Noch bevor ich den Rhythmus in Buchstaben umgewandelt habe, bin ich mir sicher, was ich aus dem Spiel der grünen Punkte herausgelesen habe – CLOUD.

Ich hab das kleine Buch noch aufgeschlagen in der Hand, da höre ich von oben ein Düdelü, Düdelü. Mein iPad meldet eine eingehende Mail. Ich lass das Buch in den Karton fallen und begebe mich nach oben. Düdelü, Düdelü, begrüßt mich immer noch mein iPad. Das Gerät hängt noch am Ladekabel. Ich ziehe den Netzstecker heraus und schalte es ein. Ja, da ist eine Mail angekommen.

Ein kurzes Antippen der App und schon kann ich den Text lesen. Kalt streicht es mir über den Rücken. Nur ein Satz steht in der Mail. Hol mich hier raus. Klar und deutlich füllt dieser Satz in großen Lettern fast den ganzen Bildschirm aus. Hol mich hier raus. Wieder und wieder muss ich diesen einen Satz lesen, derweil mir die Kälte von unten die Beine hoch kriecht. Ich fühle mich wie ein Eisklotz. Meine Zähne klappern hörbar gegeneinander, meine Muskeln zittern aufs Heftigste.

Immer noch stehe ich mitten im Zimmer, wie ein Eis gewordener Stalagmit. Langsam, ganz langsam entsteht in meinem Kopf eine

Idee. Meine Geschichte. Meine Gespenstergeschichte. Was habe ich da geschrieben? Von meinem Phantom Net Mac-Cloud? Das Phantom, das gefangen ist, in dem world-wide-web, in der virtuellen Welt der Computer, den ich abgespeichert habe in einer Wolke. In einer Cloud! Aber ja, das muss die Lösung sein! Hastig fahre ich mein PC hoch. Passwort CLOUD, wie von selbst finden meine Finger diese Buchstaben. Schnell unter Dokumente, wo ist das Gesuchte? Da, in der Cloud. Ausschneiden, eigene Dateien auf C:, einfügen. ENTER. Das war's.

Ich atme auf. Das muss doch die Lösung sein! Die Cloud muss es einfach sein. Meine Geschichte soll wohl nicht in dieser virtuellen Wolke, sondern auf der Festplatte meines PCs abgelegt sein. Bin ich jetzt verrückt? Bin ich schon in dieser Scheinwelt gefangen? Egal, das muss es sein! Ich fahre den PC herunter und stöhne laut auf. Erst jetzt machen sich die enormen Schmerzen bemerkbar, die in Wellen meinen Körper durchfließen. Ich zittere immer noch mit allen Gliedern. Ächzend schleppe ich mich mit letzter Kraft ins Schlafzimmer und falle aufs Bett. Dann wird mir schwarz vor Augen.

Es ist schon hell, als ich aufwache. Der Spiegel im Badezimmer zeigt mir ein graues, müdes Gesicht mit dunklen Sprenkeln eines Dreitagebartes. Unter der heißen Dusche kommen die Erinnerungen zurück. Stammtisch, Gespenstergeschichte, Wolke, Net MacCloud. Ich kann es kaum erwarten, meinen PC hochzufahren.

Im Wohnzimmer steht der Router wie immer auf der niedrigen Anrichte, die fünf grünen Leuchtdioden, still und ruhig nebeneinander, wie immer. Mein PC verlangt von mir ein Passwort. Ich zögere. CLOUD – soll ich das Wort von gestern eingeben? Jetzt will ich es aber wissen, tippe energisch die fünf unheilvollen Buchstaben in die Tastatur. ENTER. Passwort falsch! Ich atme tief durch. Meine Gesichtsmuskeln entspannen sich merkbar. Ich gebe erneut ein Passwort ein, nun mein altes, bekanntes Wort. Der endlose, menschenleere Strand meines Hintergrundbildes lacht mich an.

Kommt es mir nur so vor, oder tätschle ich tatsächlich vorsichtig, liebkosend, meinen Bildschirm. Ich fahre meinen PC herunter und stehe auf. Dann gehe ich in die Küche, um mir eine große Kanne Kaffee zu kochen.

Wiedersehen im Raps

Geschafft! Valerie hat den höchsten Punkt des sich von Ost nach West ziehenden Haarstrangs erreicht. Noch ein wenig außer Atem lenkt sie ihr Fahrrad an die rechte Seite des asphaltierten Radweges und steigt mit ihren Füßen von den Pedalen. Das Fahrrad zwischen ihren Beinen stützt sie sich auf den Lenker. Der Weg den Hügel hinauf war doch anstrengender als gedacht. Zwar macht der Radweg mehrfach große, lang gezogene Bögen durch die Feldflur und ist daher nicht gerade steil, aber es geht fast zwei km ständig leicht bergauf. Es ist Anfang Mai, und die Sonne meint es gut an diesem wunderschönen, warmen Tag. Durch die Anstrengung in den letzten Minuten hat Valerie's Gesicht eine leichte, feine Röte angenommen. Eigentlich ist es ein schon betagtes Gesicht, mit manchen tiefen Furchen auf den Wangen und der Stirn. Aber das frische Rot steht ihm gut und passt wundervoll zu den lebendigen, klaren Augen, welche über die vor ihr liegende, weit gezogene Senke blicken. Mit einer Hand schiebt Valerie eine wellige, kupfer-rote Locke aus ihrem Gesicht. Ihr dünnes Haar ist mehr als schulterlang. Mit jeder Bewegung des Kopfes schimmert das immer noch glänzende Haar in anderen Rottönen.

Nur gut, dass ich eine Flasche Wasser mitgenommen habe. Valerie nimmt die Flasche mit dem stillen Mineralwasser aus dem kleinen Korb, der vorn am Lenker angebracht ist, schraubt den Verschluss auf und nimmt einen tiefen Zug. *Ah, das tut gut!* Noch mit der Flasche in der Hand blickt sie sich um. Vor und neben ihr breitet sich ein Meer von gold-gelben Blüten aus. Der Raps auf den Feldern steht in voller Blüte. In diesem Jahr hinkt die Natur etwas hinterher. Der März war recht kalt, und immer wieder hat es geschneit oder geregnet. Erst die zweite Aprilhälfte hat etwas Wärme gebracht, bevor zum Maifeiertag die Natur förmlich mit all ihrer Kraft aus dem Winterschlaf erwachte. Die Pflanzenwelt ist regelrecht explodiert, und von einem Tag auf den anderen standen Wald, Wiesen und Felder in voller Blüte.

Tief atmet Valerie die frische Luft ein, die durch die unzähligen Blüten ringsumher einen leicht süßen Duft in ihre Nase strömen lässt. Heute ist die Luft klar und rein, und so kann Valerie sehr weit in die sich vor ihr auftuende weitgezogene Soester Börde blicken. Am kilometerweit entfernten nördlichen Rand dieses flachen Beckens sind sogar die ersten Ausläufer des Mittelgebirges erkennbar. Von diesem höchsten Punkt aus senkt sich das Gelände stetig zum Grund der Senke hinab. Valerie schaut über viele landwirtschaftliche Flächen, die nur ab und zu durch niedrige Hecken oder ein kleines Gehölz getrennt sind. Immer wieder sind Rapsfelder zu erkennen, deren helles Gelb durch gerade Linien, wie mit einem Lineal gezogen, vom satten Grün der Wiesen und Getreidefelder abgeschnitten sind. Und über dem Ganzen wölbt sich ein fast wolkenloser blauer Himmel.

Trotz des wunderschönen, warmen Frühlingstages ist es ruhig in der Feldflur. Natürlich, heute ist Dienstag. Der laute Trubel und der Lärm des Wochenendes und des Maifeiertages sind längst vorbei, die meisten Leute müssen heute wieder arbeiten. Und so hat Valerie heute früh ihr Fahrrad aus dem Keller geholt, um diesen sonnigen Tag im Feld zu genießen. Die letzten Wochen waren schwer für sie. Vor rund drei Monaten war sie auf glatter Straße ausgerutscht und mit dem linken Fuß umgeknickt. Das Wadenbeinköpfchen außen am Knöchel war gebrochen. Sie konnte wochenlang ihr Haus kaum verlassen und musste sich mit Hilfe eines Rollstuhls, zuletzt dann mit

Krücken, im Haus bewegen. Schon lange hatte sie sich danach gesehnt, endlich wieder raus an die frische Luft zu kommen.

Noch einmal lässt Valerie ihren Blick über das endlos scheinende Gelbgold schweifen. Hoch oben im hellen Blau kreisen majestätisch zwei schlanke Greifvögel. Es sind große Vögel, der eine noch etwas größer als der andere. Noch hat Valerie gute Augen, zumindest für die Ferne, und so kann sie mit bloßen Augen leicht den gegabelten Schwanz erkennen, Rotmilane. *Das wird das Pärchen sein, das jedes Jahr hier in der Nähe horstet.* Valerie nimmt noch einen tiefen Zug aus der Flasche, schraubt diese wieder zu und legt sie zurück in den Korb. Dann streicht sie einmal kurz über ihre bunte Baumwollbluse, steigt wieder auf das Fahrrad und setzt ihren Weg fort.

Der Radweg führt von jetzt an stetig leicht bergab. Das Fahrrad rollt fast von allein und sie braucht kaum zu trampeln. Sie genießt den warmen Windhauch um ihren Körper, ihre langen kupferfarbenen Haare flattern im Fahrtwind. Der Weg geht mitten durch zwei Rapsfelder, das linke Feld liegt etwas unterhalb des Weges, das rechte etwas oberhalb. Es hat den Anschein als tauche Valerie mit ihrem Fahrrad mitten in ein gold-gelbes Meer. Ungefähr 200 m vor ihr sieht sie rechts am Weg eine Bank, auf der jemand sitzt. Ein Hund hat sich neben der Bank abgelegt. Instinktiv lenkt sie ihr Fahrrad etwas nach links, und lässt es langsam der Bank entgegen rollen. Es ist wohl ein älterer Mann, der dort auf der Bank ausruht. Der Hund ist nicht angeleint und schaut in ihre Richtung. Schon will Valerie ihr Rad langsam an der Bank vorbei rollen lassen, als sich der Hund plötzlich erhebt. *Was ist das? Das ist ja ein riesiges, braunes Ungetüm, was da auf dem Radweg steht!* Valerie erschrickt und verreißt den Lenker, so dass ihr Rad links über die Kante des Asphalts abrutscht. Fast wäre sie gestürzt, kann aber noch schnell aus dem Sattel springen und landet mit beiden Beinen auf dem Weg, das Fahrrad mitten unter sich. *Aua!* Sie verspürt einen stechenden Schmerz in ihrem verletzten Knöchel und beugt sich hinunter, um mit der linken Hand einmal kräftig um das Fußgelenk zu streichen. Als sie sich wieder aufrichtet, blickt sie in die großen, treu drein blickenden Augen einer großen Deutschen Dogge. Der Hund steht direkt vor ihr, so groß wie ihr Fahrrad, seine Schnauze in Höhe von Valerie's sich langsam hebenden Kopfes.

„Wotan, hierher, zurück!" Der Mann ist von der Bank aufgestanden und herangekommen. Er greift in das Halsband des mächtigen Tieres. „Keine Angst, Wotan ist total lieb, nur etwas groß. Haben Sie sich verletzt?" Valerie richtet sich vollends auf und schaut erschrocken auf den Mann. Ihr Blick streift die untersetzte Gestalt, bleibt an einem müden, graubärtigen Gesicht hängen. „Berthold", stammelt sie, „Berthold, bist du das?" Der Mann schaut sie erstaunt mit großen, tief unter dichten, buschigen Augenbrauen liegenden Augen an. „Valerie du?" Lange Zeit stehen sich die Beiden schweigend gegenüber, jeweils des Anderen Gesicht studierend. *Ja,* denkt Valerie, *das ist Berthold, ihre erste Jugendliebe in der Schule. Berthold, den sie eine gefühlte Ewigkeit nicht mehr gesehen hat. Er ist alt geworden, sieht jedenfalls müder aus als vor ca. 15 Jahren auf dem Klassentreffen.*

„Was machst du denn hier?" fragt sie, sich als erste aus der Erstarrung lösend. „Du wohnst doch gar nicht mehr in dieser Gegend. Und einen Hund hast du auch?" Der Mann zuckt zusammen. „Nein, nein, das ist nicht mein Hund. Wotan ist aus dem Tierheim." Er geht langsam ein paar Schritte zurück, den Hund, den er immer noch am

Halsband hält, hinter sich her ziehend. „Ich mache hier gerade eine vierwöchige Kur. Der Arzt hat mir viel Bewegung verordnet, und so leihe ich mir den einen oder anderen Tag einen Hund aus dem Tierheim aus, zum Spazierengehen. Wotan und ich haben das schon ein paarmal gemacht, er ist ganz lieb. Und bei seiner Größe werden wir auch kaum von anderen Hunden belästigt." Der Mann geht zur Bank zurück. „Wotan, folgen! Ablegen!" Er dreht sich zu Valerie um. „Möchtest Du dich nicht ein wenig zu mir setzen? Wir könnten ja etwas plaudern." Valerie schaut ihn an, und sieht in ein verwittertes, müdes Gesicht. *Tja, jetzt bin ich aber neugierig, wie es ihm geht,* denkt sie, steigt von ihrem Fahrrad und stellt es neben dem Radweg auf den Ständer. Dann geht sie hinüber zur Bank, um sich zu setzen. Dabei hinkt sie merkbar.

„Was ist mit Deinem Bein? Hast Du dich doch verletzt?" Berthold schaut sorgenvoll auf ihren Knöchel. Valerie setzt sich mit etwas Abstand auf die Bank. „Nein, ist schon gut. Ich habe mir nur im Winter den Knöchel gebrochen. Ab und zu zwickt es noch, vor allem, wenn ich fester auftrete. Und eben bin ich wohl etwas zu heftig vom Rad gesprungen." „Oh das tut mir leid. Ich habe auch nicht damit gerechnet, dass Wotan plötzlich aufsteht. Ich kann mir schon vorstellen, dass Du einen Schrecken bekommen hast, er ist auch wirklich riesig." Berthold rutscht nervös auf der Bank hin und her. Der Hund hat sich zwischenzeitlich wieder neben die Bank gelegt, den Kopf auf seinen ausgestreckten Vorderläufen.

Nun sitzen die beiden Alten mit Abstand auf der Bank, und schweigen. Valerie lässt ihren Blick über das gegenüber liegende, tiefere Rapsfeld schweifen. Es hat den Anschein, als träume sie von vergangenen Zeiten. Ob sie den starken Flugverkehr über dem gold-gelben Blütenteppich bemerkt? Es summelt nur so in der Luft. Bienen und andere Fluginsekten schwirren dicht über den goldenen Blüten, ab und zu eintauchend in die gelbe Masse, so als wäre es Schaum. Die gesamte Umgebung rund um die Bank ist eingehüllt in einen süßen Duft. „Sieh mal, wie schön die Rapsfelder leuchten. An solchen Tagen wie heute radle ich gern durch die Feldflur. Ich habe ja Zeit." Nach einer Weile dreht Valerie ihren Kopf und sieht ihren alten Schulfreund an. „Und Du, warum machst du hier eine Kur? Du siehst müde aus. Bist Du etwa krank?" Berthold räuspert sich. „Ich hatte Ende letzten Jahres einen leichten Herzinfarkt. Zuletzt habe ich schon wieder zwei Tage die Woche gearbeitet. Dann hat mir die Kasse eine Kur bewilligt. Na ja, und mein Arzt hat mir geraten, ich solle mich viel bewegen. Da hab ich mir heute, an diesem wunderschönen Tag, mal wieder Wotan aus dem Tierheim geholt. Wir haben unseren Spaziergang schon fast hinter uns." Valerie nickt leicht.

Berthold schaut in die Ferne. „Es ist schön, Dich mal wieder zu sehen. Bei meinen vielen Spaziergängen habe ich auch oft über früher nachgedacht. Es war eine schöne Zeit damals. Danke, dass Du Dir für diesen kleinen Plausch Zeit genommen hast." Berthold schaut Valerie ins Gesicht. *Will er noch etwas sagen?* Seine Backenmuskeln arbeiten. Valerie steht auf und geht zu ihrem Fahrrad. „Ich will dann mal weiter. Ich wünsche dir noch eine schöne Kur." Endlich bringt er es heraus. „Was meinst Du, ich bin ja noch eine Weile hier, darf ich Dich vielleicht mal zum Essen einladen?" *Was soll das denn jetzt*, Valerie fühlt sich überrumpelt. „Ach, weißt Du...." Weiter kommt sie nicht. Plötzlich rauscht es zwischen Ihnen im Rapsfeld und Wotan springt auf den Weg. Sie haben beide nicht bemerkt, dass die Dogge im Laufe ihres Gespräches aufgestanden und im Rapsfeld hinter ihnen verschwunden ist. Wotan muss wohl schon eine Weile im goldenen Blütenmeer gesteckt haben, er ist über und über mit Pollen bedeckt, sein sonst braunes Fell sieht aus wie Gold gepudert. Und kaum, dass Wotan auf dem Weg zu stehen kommt, schüttelt er sich mit kräftigen Bewegungen. Der Blütenstaub wirbelt hoch in die Luft, streut nach allen Seiten. Valerie und Berthold stehen mitten in dieser gold-gelben Wolke und werden nach und nach vom gelben Puder bestäubt. Sie müssen lachen, als sie mit leichtem Klopfen ihrer Hände versucht, sich von dem goldenen Staub zu befreien.

Dann steigt sie auf ihr Rad, dreht sich noch einmal zu Berthold um und beendet ihren vorhin angefangenen Satz mit einem leichten Lächeln. „Warum nicht, ruf einfach mal an, Meine Nummer hat sich seit unserem letzten Klassentreffen nicht geändert." Kräftig tritt sie in die Pedale.

Klassischer Pathologe

Vergnügt pfeifend tänzele ich mit beschwingtem Schritt durch den mannshoch gefliesten, mittels an der Decke hängenden Neon-Röhren grell erleuchteten Gang. Es riecht nach Lysol und anderen Desinfektionsmitteln. Riecht, nein es duftet. Ich liebe diesen Duft. Vor allem, wenn die Konzentration hoch dosiert ist. Leider komme ich nur selten in den Genuss einer solch insektiziden Lösung. Hier unten reicht in den meisten Fällen das leichtere bakterizide Konzentrat aus.

Mein heutiger Fall ist eine Wasserleiche. Na ja, eigentlich ist es keine richtige Wasserleiche, sondern nur ein Toter, den man gestern aus dem Wasser gezogen hat. Schade! Echte Wasserleichen mag ich besonders. Es entsteht immer so ein geiles Zischen und Blubbern, wenn ich mit meinem scharfen Skalpell in den aufgedunsenen, aufgeblähten Leib stoße. Und wenn dabei noch Händels Wassermusik aus den Wandlautsprechern erschallt, erzeugt dies auf meiner Haut ein wunderbares Kribbeln.

Ich bin Pathologe. Nicht irgendein Gerichtsmediziner. Nein, ich bin wohl der schrägste Leichenschnippler im Land. Ich ergötze mich regelrecht daran, die Toten fachgerecht zu zerlegen. Besonders hübsch finde ich die total entstellten Unfallopfer, bei denen ich ab und zu auch noch abgerissene Glieder erst einmal zuordnen muss. Ein besonderes Highlight ist für mich, wenn ich auf meinem Edelstahltisch ein Brandopfer oder eben eine Wasserleiche vorfinde. Bei meiner Arbeit brauche ich unbedingt klassische Musik, und so habe ich mir auf eigene Kosten mehrere große Lautsprecher an die Wand anbringen lassen. Es erregt mich jedes Mal, wenn ein gutes Sinfonieorchester den nüchternen Kellerraum in einen klangvollen

Orchestersaal verwandelt, während ich scheibchenweise meine Leiche auseinander nehme. Meist lasse ich die mächtigen Klanggebilde alter Meister auf mich wirken. Bei bester Stimmung lege ich schon mal Beethovens Ode an die Freude in den Recorder.

Der heutige Fall ist wohl eher harmlos. Es handelt sich um einen Soester Richter, der gestern als sog. Malefikant von den Bürgerschützen in den großen Teich gewippt wurde. Aber immerhin mit einer Schusswunde in der Brust. Irgendjemand hatte es wohl auf ihn abgesehen und ihm beim Sprung ins kühle Nass eine Kugel verpasst. Ich umkreise den Seziertisch aus Edelstahl und rümpfe erst einmal die Nase. Die noch bekleidete Leiche stinkt widerlich nach irgendwelchen Exkrementen. Beim Entkleiden stelle ich fest, dass der Tote vor seinem Ableben noch seine Hose vollgeschissen hat. Sehr ungewöhnlich! In den Hosentaschen finde ich zudem noch anderen Scheiß. Stimmt ja. Die eigentlich Strafe der Delinquenten ist nicht das Wippen in das Wasser, sondern vielmehr das Eintauchen in die im Teich massenhaft abgelagerte Entenkacke.

Die äußere Inaugenscheinnahme des Leichnams zeigt mit Ausnahme der Schusswunde in der Brust keine weiteren Auffälligkeiten. Na, dann will ich mir mal das Innere ansehen. Ich schaue kurz in meine CD-Sammlung und muss grinsen. Dann lege ich kurzerhand den Fliegenden Holländer ein. Passt irgend-wie. Unter den Klängen der Ouvertüre begebe ich mich an die Arbeit. Mit einem eleganten, kräftigen Schnitt öffnet mein Skalpell in der typischen Y-Form den Brustraum, und ich blicke auf die graue, zusammengefallene Lunge.

Im Hintergrund tanzt der Gnom von Mussorgsky, als ich meinen Abschlussbericht kurz zusammenfasse: Der Schuss war nicht tödlich.

Das Projektil ist oberhalb des Herzens in die Brust eingedrungen, hat keine großen Blutgefäße verletzt. Es wurde von einer Rippe abgelenkt und ist im Schulterblatt stecken geblieben. Im Magen fand sich neben Resten von Möppkenbrot eine hohe Dosis eines magnesiumhaltigen Abführmittels. Die vorgefundene Menge hat eine Vergiftung ausgelöst, die aber wohl kaum für ein Ableben ausgereicht haben dürfte. Immerhin hat das Mittel wohl im letzten Moment für eine abrupte Darmentleerung gesorgt. Das Herz des Toten wies dagegen einige Vorschäden auf. Neben allgemeiner Verfettung konnte ein älterer, kleiner Infarkt nachgewiesen werden, der möglicherweise nie erkannt wurde. Letztlich ist der Mann weder an dem Schuss noch an der Vergiftung verstorben, sondern an plötzlichem Herzversagen. Indizien dafür sind geringer Blutverlust und kaum Wasser in der Lunge. Alles spricht dafür, dass der Sprung ins kalte Wasser einen Sekundentod auslöste. Zeugen haben bestätigt, dass der Tote sich nicht wie die anderen Malefikanten vor dem Wippen hat abkühlen lassen.

Tja, Herr Staatsanwalt. Pech gehabt. In diesem Fall dürfen Sie allenfalls zwei Mordversuche untersuchen, aber keinen Mord. Ich lächle schief, und zum Ballett der Küchlein in ihren Eierschalen schwebe ich aus dem Raum.

Töverland - Wunderland

„Tuuuuuut! Tuuuuuut!" Der alte Mann auf dem Oberdeck schrickt auf. Da ist er in der warmen Sonne doch eingenickt und hat gar nicht mitbekommen, wie die Zeit vergangen ist. Das Schiff schaukelt schon leicht auf dem Wasser. Die Trossen sind schon von den dicken, schwarzen Pollern, die wie Zacken einer Krone auf der Kaimauer nebeneinander stehen, gelöst. Ein Hafenarbeiter hält das eine Ende zwischen seinen derben Lederhandschuhen. Gerade wird die Laderampe am Heck der Fähre nach oben angehoben und die seitlichen Schrauben drücken den weißen Rumpf langsam vom Fähranleger weg in das Hafenbecken. Der Mann schaut hinüber zur Kaimauer und sieht eine Menschentraube, aus der einige Gestalten winken. An Bord haben sich die meisten Passagiere an die Backbordseite begeben und schauen sich das rege Treiben an Land an. Einige wenige winken zurück. Ab und zu werden noch Grüße hinübergerufen. Langsam gewinnen die Heckschrauben an Schub und drücken die Frisia IX, ihr Name ist am Aufgang zur Brücke zu lesen, Richtung Hafenausgang in die Fahrrinne, hinaus ins Wattenmeer.

„Sehr geehrte Fährgäste. Wir begrüßen sie an Bord der Fisia IX zur Überfahrt ins Töverland, zur schönen Insel   Juist. Da wir heute Niedrigwasser haben wird unsere Fahrt ca. 1 ¾ Stunde dauern. Der Kartenschalter ist geöffnet. Wir bitten die Fahrgäste, die noch keine Fahrkarte haben, diese jetzt am Fahrkartenschalter nachzulösen." Der Lautsprecher am Oberdeck knackt und verstummt. *Ich habe meine Karte schon*, denkt sich der alte Mann. Aufgrund einer plötzlichen Eingebung in der letzten Woche ist er in das Reisebüro gegangen und hat sich eine Unterkunft auf Juist anbieten lassen. Da die Ferienzeit noch nicht begonnen hat, konnte ihm die junge Frau im Reisebüro sogar mehrere Hotels zur Auswahl vorlegen. Er hat sich für ein kleines Hotel in der Nähe des Ostdeiches entschieden und auch gleich eine Bahnfahrkarte bis nach Juist gekauft. *War das überstürzt? Was erwarte ich von diesem Kurztrip?* Der Mann schließt kurz seine Augen und versucht sich zu erinnern. Dies fällt ihm sichtlich schwer. Seine linke Hand greift immer wieder zur Stirn und massiert dort eine dicke, sich rötlich von der sonst eher blassen Haut abzeichnende Narbe. *Werde ich dort finden, wonach ich suche?* Seit einigen Wochen erst ist er wieder in Deutschland und seitdem auf der Suche. *Wonach suche ich, warum habe ich das Gefühl, es gibt hier etwas, was mit mir zu tun hat?* Er weiß es nicht, sein Gedächtnis ist gestört. Er fühlt nur in seinem Innern, dass er suchen muss. Wieder massiert er seine Narbe. Hat sie etwas damit zu tun, dass er sich nicht erinnern kann?

Das Schiff gleitet an zahlreichen Buhnen vorbei. Fast auf jeder Spitze sitzt eine Möwe. Die Frisia IX hat die Hafenausfahrt fast erreicht. Die beiden Leuchtfeuer rechts und links der Einfahrt sind bereits ganz nah. Dahinter liegt das Wattenmeer, dunkel glänzend in der Sonne. Es ist kaum Seegang und das Schiff liegt ruhig auf dem Wasser. In der Ferne sieht man im leichten Dunst der warmen Luft die Skyline von Norderney und links davon die ersten Dünen von Juist. Es ist ein wunderschöner Maitag und die Sonne wärmt schon anständig. Mitten in der Woche sind nur wenige Passagiere an Bord. Das wird sich sicherlich zum Wochenende ändern, wenn das schöne Wetter anhält. Der Mann schaut von seinem Platz aus über das Oberdeck. Es sind vor allem Menschen im mittlerer Alter und auch einige Rentnerpaare an Bord. Hier und da sieht er auch kleine Familien, mit noch kleinen, nicht schulpflichtigen Kindern. Töverland – Wunderland. *Welches Wunder kann er dort drüben auf der Insel erwarten? Gibt es überhaupt Wunder? Ja,* denkt sich der Mann, *Wunder gibt es, ich habe ja selbst ein Wunder erlebt."*

„Achtung! Achtung! Hier spricht der Kapitän. Wie uns gerade gemeldet wird, tobt über der Ägäis ein heftiges Gewitter. Wir können es leider nicht umfliegen. Ich bitte sie daher, sich auf ihre Plätze zu begeben und sich anzuschnallen. Dies ist eine reine Vorsichtsmaßnahme und ich versichere ihnen, es wird nicht weiter passieren." Diese Worte sind das letzte, woran sich der Mann genau erinnern kann. Sie sind in sein Hirn eingebrannt, und in den letzten Monaten und Jahren kamen sie ihm immer wieder ins Gedächtnis, zu jeder Zeit, ohne irgendwelche Vorankündigungen, zu allen möglichen Gelegenheiten. Aber nur daran kann er sich genau erinnern. Alles andere, was kurz darauf geschah, ist nach wie vor wie in einem dichten Nebel versteckt. Ab und an lichtet sich das tiefe Grau, um ebenso schnell wieder zu einer undurchdringlichen Masse zusammen zu fließen. Dies ist eine reine Vorsichtsmaßnahme und ich versichere ihnen, es wird nichts weiter passieren. Heute weiß er, er saß damals in einem Flugzeug hoch über dem Mittelmeer, welches die türkische Südküste ansteuerte.

Als er wieder zu sich kam, weil ihm die Sonne ins Gesicht stach und er trotzdem vor Kälte am ganzen Körper zitterte, fehlte ihm jegliche Erinnerung an das, was geschehen war. Nur kurz war er bei Bewusstsein, und dabei nahm er mehr ahnend wahr, dass er im Spülsaum eines weiten, einsamen Sandstrandes lag. Wasser umspülte seinen Körper, ab und zu wurde sein Gesicht von einer Welle überspült. Seine Kleidung war durchnass und er fror, er zitterte immer stärker am ganzen Körper. War es nur die Kälte des Wassers oder vielleicht die Auswirkungen eines Schocks? Obwohl kaum ein Wellengang zu spüren war, rauschte und dröhnte es in seinem Kopf. Als er leicht die Lippen öffnete, schmeckte er Salz, aber auch Blut. Bevor er aber darüber nachdenken konnte, tauchte er schon wieder ins Dunkel einer tiefen Ohnmacht.

Als er erwachte und die Augen öffnete, lag er in einem Bett. Er konnte sich nicht rühren, nur seine Augen bewegten sich von rechts nach links und dann wieder von links nach rechts. Er lag in einem kleinen Zimmer mit weiß getünchten Wänden. Ein winziges Fenster ließ etwas Licht durch. Viel mehr konnte er aus seiner Perspektive nicht erkennen. Langsam wurde sein Verstand klarer, wenn auch sein Kopf dröhnte. Je mehr er das Gefühl hatte, aus einem tiefen Schlaf zu erwachen, umso mehr fühlte er die Schmerzen am ganzen Körper. Er stöhnte leise. Das Geräusch in seinen Ohren gab ihm zu verstehen, er lebte.

Ja, ich lebe, denkt der Mann und blickt über die Reling ins dunkle Wasser. *Und ich habe mittlerweile auch das eine oder andere erfahren, was damals passiert ist.* Das Flugzeug war im Gewitter abgestürzt, er hatte den Absturz überlebt. Ein orthodoxer Mönch auf einem kleinen einsamen Eiland im ägäischen Meer hatte ihn am Strand mehr tot als lebend gefunden und über Monate gepflegt. Aber irgendwie hat seine Erinnerung gelitten. Er kann sich kaum an sein früheres Leben erinnern. Manchmal kommt ihm einiges in den Sinn, ein andermal meint er zu träumen. Und seit er sein Krankenlager verlassen hat, befindet er sich auf der Suche. Auf der Suche nach sich selbst und nach seiner Vergangenheit.

In seinen Augen ist eine leichte Unruhe zu erkennen, als er sich auf dem Oberdeck umsieht. Sein Gesicht sieht nicht unfreundlich aus. Zwar stört die dicke Narbe, trotzdem ist etwas Fesselndes in seinem zerfurchten Antlitz. In der Nähe trödelt ein kleines Mädchen durch die Bankreihen des Oberdecks, so als hätte sie Langeweile auf dem Schiff. Näher betrachtet erkennt man ihre wachen und strahlenden Augen. Sie schaut sich damit interessiert um und entdeckt gerade ein älteres Ehepaar mit einem kleinen Hund. „Och, ist der aber süß", hört der Mann sie ausrufen und sieht, wie das kleine Mädchen auch schon eilig auf die Neuentdeckung zusteuert. „Darf ich den mal streicheln? Wie heißt denn der Hund?" Munter plappert sie los. Und der kleine Teckel hat sichtlich Gefallen an dem Mädchen. Er versucht schon, an seiner Leine ziehend, das Kind zu erreichen. Dabei bebt sein ganzer Hinterkörper in freudiger Erwartung. Das ältere Ehepaar hat sichtlich Mühe ihn zu bremsen. Aber auf ihren Gesichtern lässt sich kein Unmut erkennen, vielmehr strahlen sie um die Wette. „Das ist Max, er mag kleine Kinder, und Du darfst ihn auch ruhig streicheln. Aber pass auf, dass er nicht so wild wird", mahnt die Frau.

„Wiff, Waff, Wiff!" Der Teckel hat sichtlich Spaß am Spiel mit dem kleinen Mädchen. Er hat sich auf den Rücken geworfen und lässt sich den Bauch kraulen. Dann plötzlich springt er auf und wuselt flink um das Mädchen herum, das sich zu ihm niedergehockt hat. Der alte Mann schaut dem lustigen Spiel zu und schmunzelt. Nach einer Weile mahnt das Herrchen des Teckels, „jetzt ist es aber genug, Max ist ja schon ganz aus der Puste. Auch braucht er nach diesem turbulenten Spiel etwas Wasser und eine Pause." Er nimmt den Teckel auf den Arm und wendet sich dem Niedergang zu. Das Mädchen schaut ein wenig traurig hinterher. „Aber klar, Max muss ja auch mal trinken", sagt sie. Sie blickt dem Hund so lange nach, bis der Herr den Niedergang hinunter aus dem Blick verschwunden ist.

Das Mädchen schaut sich um, als suche sie ein neues Abenteuer. Da bleibt ihr Blick an dem alten Mann hängen. Sie kommt näher, stellt sich gut zwei Meter vor ihm hin und betrachtet mit sichtlicher Neugier sein verwittertes Gesicht. „Hast Du Dich da gestoßen?" fragt sie und zeigt mit ihrer kleinen Hand auf seine Narbe. „Das hat sicher ganz viel wehgetan!" Als sie sieht, dass der Mann nicht abweisend drein blickt, kommt sie näher. „Die Narbe war ganz plötzlich da", erwidert der Mann und lächelt etwas unbeholfen. „Ich weiß nicht, wie ich dazu gekommen bin." Das Mädchen sieht ihn betroffen an. „Du musst wissen, durch die Verletzung am Kopf habe ich mein Gedächtnis verloren." Der Alte verzieht sein Gesicht leicht gequält. „Ich kann mich nicht genau erinnern, wo die Narbe herkommt. Als ich eines Tages in einem Bett in einem kleinen, weißen Zimmer erwachte, hatte ich sie schon. Später hat man mir gesagt, ich habe sie mir bei dem Flugzeugabsturz zugezogen."

„Du bist mit einem Flugzeug abgestürzt?" Das kleine Mädchen schaut ihn mit großen Augen an, aus denen tiefer Schreck zu erkennen ist. Sie blickt stumm auf die Narbe und scheint nachzudenken. „Da hast Du aber ganz viel Glück gehabt, dass Du noch lebst", meint sie endlich. „Ich habe einmal Papa und Mama zugehört, wie sie sich über einen Flugzeugabsturz unterhalten haben. Da gab es aber ganz viele Tote." Sie lässt ihren Blick vom Kopf aus über den ganzen Körper des Mannes hinabgleiten. „Hast Du noch Schmerzen am Kopf?", fragt sie dann. „Wenn ich irgendwo Schmerzen habe, dann pustet meine Mama immer, und der Schmerz geht ganz schnell weg. Soll ich bei Dir auch mal pusten?" Der Mann lächelt. „Ja, vielleicht hilft es mir ja, und wenn Du ganz viel pustest kommt auch vielleicht meine Erinnerung wieder." Er beugt seinen Kopf zu dem Mädchen hinunter und dreht ihn dabei, so dass die Narbe dicht vor ihrem Mund liegt.

Das Mädchen holt ganz tief Luft, plustert ihre Backen auf und pustet langsam, aber stetig gegen die Narbe des Mannes. Immer wieder holt sie Luft und pustet. „Jetzt ist es aber genug", sagt der Mann. „Ich glaube es wirkt schon, meine Schmerzen werden weniger, ich danke Dir." „Und hast Du auch schon Deine Erinnerungen wieder gefunden?", fragt das Mädchen. „Ich bin mir nicht sicher, aber ich glaube, früher einmal habe ich auch einen Hund gehabt. Du magst doch Hunde? Ich habe Dich gerade mit dem kleinen Teckel spielen gesehen." „Ich mag Hunde sehr. Leider haben wir zuhause keinen Hund. Aber meine Oma hat einen Hund. Ich freue mich schon sehr, mit ihm am Strand zu spielen." „Ach, Du fährst also auf die Insel, um Deine Oma zu besuchen. Das ist ja praktisch. Da hast Du ja immer ein tolles Ziel. Aber sag einmal, Du bist doch hoffentlich nicht allein auf dem Schiff unterwegs. Sind Deine Eltern auch hier?" Der Mann schaut sich ein wenig sorgenvoll um. „Ich fahre mit meiner Mutter. Die sitzt unten und trinkt sich gerade einen Kaffee", erwidert das Mädchen. „Mein Papa muss arbeiten, er kommt aber am Wochenende nach." Das Mädchen blickt etwas traurig Richtung Festland. „Und dann baue ich mit einem Papa eine ganz große Strandburg."

„Du hast Dich wirklich gerade daran erinnert, dass Du auch einmal einen Hund hattest?" Das Mädchen sieht den Mann interessiert an. „Was war das denn für ein Hund? War das auch ein kleiner Teckel oder hattest Du einen großen Hund?" „Da muss ich einmal scharf nachdenken. Aber Du hast ja feste gepustet. Bestimmt kommt mir die Erinnerung wieder. Warte nur ein wenig. Dann kann ich Dir sicher sagen, was für einen Hund ich hatte." Der Mann schließt die Augen, als wolle er in seinem Inneren nach Erinnerungen suchen.

Wie immer bei schönem Wetter war Amika im Garten, als er von der Arbeit nach Hause kam. Er sah sie schon von weitem beim Einbiegen in die Hauseinfahrt. Wie eine Grand Lady saß sie unter der Eiche, den Kopf hoch erhoben. Keine Bewegung ihres Körpers war zu erkennen. Sie saß ganz starr und stumm, als würde sie von der Umgebung gar nichts mitbekommen. Aber er wusste, sie hatte alles im Blick und beobachtete jede seiner Bewegungen. Es war ihr Ritual. Er schloss das Gartentor auf und betrat den Weg zum Haus. Noch war er einige Meter von Amika entfernt. Immer noch rührte sie sich nicht vom Fleck. Dann plötzlich, als er nur noch wenige Schritte entfernt war, machte sie aus ihrer Position einen weiten Satz und rannte in einem irrsinnigen Tempo um das Haus herum. Einmal, zweimal, dreimal. Ihr kräftiger, rund herum schwarzer Körper streckte sich fast in eine waagerechte Linie. Ihre schwarzen Ohren wehten um ihren gleichfalls schwarzen Kopf. Dann kam sie im weiten Galopp auf ihn zu, sprang vor ihm in die Höhe und versuchte ihm einen Nasenstupser zu geben. Er beugte sich herunter, sie kam dicht an ihn heran. Ihre schwarze Nase suchte sein rechtes Ohr und ganz zärtlich knabberte sie sein Ohrläppchen an. Er klopfte ihren Hals und kraulte ihr kurz hinter den Ohren. Erst da wedelte sie mit ihrem langen, wie mit schwarzen Federn behängten, Schwanz und ging ganz ruhig neben ihm her zum Haus.

„Ich hatte einen besonderen Hund." Der alte Mann öffnet die Augen und blickt mit starren Augen in die Ferne. „Er war groß und ganz schwarz. Es war eine Hündin, und trotzdem hatte sie einen regelrechten Schnauzbart. Sie war eine tolle Hundedame." Der Mann schaut freundlich zu dem Mädchen herunter und streicht sachte über seine Narbe. „Wenn Du nicht gepustet hättest, dann wäre mir das sicherlich nicht eingefallen."

„Das ist ja toll!" Das Mädchen schaut den Mann begeistert an. „Meine Oma hat auch so einen Hund. Nur ist der schon alt und sein schwarzes Fell wird an einigen Stellen schon grau. Und ich weiß auch schon, was das für ein Hund ist. Das ist ein Riesenschnauzer." Der Alte schaut sie betroffen an. „Du meinst, Deine Oma lebt hier auf der Insel und hat einen Riesenschnauzer? Das kann ich gar nicht glauben." Der Mann beugt sich vor, seine Worte kommen leise stammelnd aus seinem Mund. Er ist plötzlich ganz grau in seinem Gesicht, und ein leichtes Frösteln schüttelt seinen Körper.

Das Schiff ist vor kurzem in die schmale Fahrrinne vor Juist eingedreht und passiert gerade die Ostspitze der Insel. Auf einer vorgelagerten Sandbank sonnen sich ein paar Robben. Der Mann hat sich wieder gefangen und deutet mit seiner Hand in Richtung Insel. „Schau mal, dort sind auch ein paar Hunde, Seehunde. Hast Du solche auch schon mal gesehen?" Das Mädchen steht an der Reling und schaut zur Sandbank hinüber. „Ich habe hier schon häufig welche gesehen. Auch wie sie neben dem Schiff geschwommen sind. Auf der Insel gibt es noch viele Seehunde, genauso wie Möwen." Das Mädchen wendet sich ab und schaut einem kleinen, silbrigen Flugzeug hinterher, welches gerade vom nahe liegenden Inselflughafen startet.

„Sag einmal, wie heißt Du eigentlich?" Der Mann hat sich wieder etwas beruhigt und schaut das Mädchen angespannt an. „Ich möchte doch wissen, wer mir mein Gedächtnis zurück gebracht hat." Das Mädchen lacht. „Ich heiße Annemieke, meine Freunde nennen mich aber nur Mieke. Und wie heißt Du?" „Ich weiß es nicht genau", erwidert er traurig, „zuletzt hat man mir gesagt, ich heiße Norbert. Und das wird dann wohl auch stimmen." Vom Aufgang her nähert sich eine junge Frau. „Hallo Mieke, hier bist Du ja. Komm bitte herunter, wir wollen noch unser Geschenk für Oma einpacken." Sie nickt dem alten Mann freundlich zu. „Hoffentlich hat sie Sie nicht zu sehr in Beschlag genommen. Mieke erzählt gern, und vor allem ganz viel." Der Mann lächelt. „Nein, wir haben uns ganz nett unterhalten, und ihre Tochter hat mir sehr geholfen." Er sieht den beiden aufmerksam hinterher, wie sie die Treppe zum Achterdeck hinuntersteigen. Nein, er hat sich nicht getraut, nach dem Nachnamen zu fragen.

Er schaut der kleinen Mieke und ihrer Mutter noch lange hinterher. Sein Blick schweift in das Kielwasser, welches von den Schiffschrauben aufgewirbelt wird. *Kann es möglich sein, dass seine Suche hier endet,* denkt er. *Nein, er darf sich keine falschen Hoffnungen machen. Eine solche Enttäuschung würde er nicht verkraften. Das kann auch gar nicht sein,* sagt er zu sich. *Das muss ein Zufall sein, dass hier auf der Insel ein Riesenschnauzer lebt. Oder doch nicht?* Er ist nervös. Wieder einmal hat er dieses Gefühl. In seinem Kopf sind irgendwelche Gedanken, die herauswollen. Er kann sie aber nicht klar erkennen. Er seufzt, schließt und Augen und lehnt sich zurück. Wie in einem Film ziehen plötzlich Bilder vor seinen Augen vorbei.

Ein steinalter orthodoxer Mönch mit einem langen, weißen Bart hatte ihn über Monate gepflegt. Er konnte viele Wochen das Bett in dem kleinen weißen Zimmer nicht verlassen. Sein Körper schmerzte und einige Gliedmaßen ließen sich kaum bewegen. Vermutlich hatte er sich bei dem Sturz aus großer Höhe mehrere Knochen gebrochen. Aber wer konnte dies schon sagen. Ein Krankenhaus gab es nicht auf dieser kleinen, einsamen Insel im Meer. Es gab überhaupt keine anderen Menschen. Es gab keine modernen Medien und keinen Kontakt nach außen. Er lebte zwar, aber irgendwie war er doch für die Außenwelt nicht vorhanden. Mit seinem Pfleger, dem Mönch, konnte er nicht reden. Die Sprache, die sich irgendwie nach einer Mixtur aus Griechisch und Türkisch anhörte, verstand er nicht und sein Pfleger schaute ihn immer nur verständnislos an, wenn er mal versuchte, selbst einige Worte an ihn zu richten. Also blieben beide meist stumm, oder versuchten das Allernötigste per Handzeichen auszudrücken.

Irgendwann, war es nach Wochen oder bereits nach Monaten, brachte der Pfleger eine Tafel mit Kreide mit ans Krankenbett. Hierauf hatte er ein Bild gemalt. Der Mann konnte am Himmel über einer kleinen Insel im weiten Meer ein Flugzeug erkennen, welches in einem Feuerball auseinanderbrach. Sein Pfleger versuchte also ihm also einiges mitzuteilen. Von da an konnte er sich ebenfalls über Bilder verständigen, und dies klappte von Mal zu Mal immer besser. Ein Zeitgefühl hatte er aber immer noch nicht. Auch konnte er sich an Dinge vor dem Flugzeugabsturz kaum erinnern. So wusste er gar nicht, warum er eigentlich in dem Flugzeug gesessen hatte.

Die Kommunikation über die Tafel klappte immer besser. Eines Tages überraschte der Mönch ihn mit einer Frage. Er hatte eine Familie auf die Tafel gemalt, mit einem Fragezeichen? Es war erkennbar, dass er sich erkundigen wollte, ob der Mann eine Familie hatte. Dieser stutzte bei der Frage, zuckte mit seinen Schultern. Er wusste es nicht. In der Folgezeit ließ ihn aber diese Frage nicht mehr los. Er versuchte sich angestrengt an sein früheres Leben zu erinnern. Dazu malte er immer wieder Kinder, ein Haus, Landschaften auf die Tafel, um sie anschließend wieder auszuwischen. Ab und zu hielt er mit dem Schwamm inne, so als ob eine unsichtbare Kraft seinen Arm festhielt. Dann hatte er für kurze Zeit einige wenige Erinnerungen. Das Bild, das er gerade auf die Tafel gezeichnet hatte, studierte er dann stundenlang.

Über mehrere Wochen ging das so. Und so bekam er immer mehr über sein bisheriges Leben heraus. Der Mönch trug seinen Anteil dazu bei, indem er immer mehr Fragen auf die Tafel zeichnete. Letztlich wusste der Mann, dass er einmal eine Familie hatte. Seine Frau und er hatten zwei Kinder, ein Mädchen und einen Jungen. Diese waren schon erwachsen. Auch gehörte zu der Familie ein Hund. Sein Zuhause muss irgendwo weit weg liegen, wo genau konnte er allerdings nicht herausfinden. Er erinnerte sich allerdings, dass er früher mit der Familie öfter am Meer auf einer Insel war. Zuletzt auch allein mit seiner Frau und dem Hund. Als er nach langer, langer Zeit endlich von seinem Krankenlager aufstehen und das kleine Zimmer verlassen konnte, war er nur noch von dem Gedanken beseelt, seine Familie zu finden. Er wollte runter von dem kleinen einsamen Eiland. Sein Pfleger gab ihm zu verstehen, dass in einigen Monaten ein Schiff käme, welches ihm einige Güter zum täglichen Überleben brachte. Mit diesem könnte er zum Festland reisen.

Tatsächlich nach vielen, vielen Wochen des ruhelosen Wartens war es soweit. Das kleine Versorgungsschiff war gekommen. Er nahm Abschied von seinem Retter und Pfleger. Tränen liefen über sein

Gesicht, als der das schwankende Boot betrat, das ihn von dem Eiland weg an das Festland bringen sollte.

Sein Auftauchen aus dem Nichts war eine kleine Sensation. Ein fremder Mann, der vom Himmel gefallen war, wie der Schiffer von dem Mönch erfahren hatte. Die Polizei nahm ihn mit und brachte ihn zunächst in einer kleinen Pension unter. Dann musste er durch die Mühlen der Bürokratie. Und dies in einem Land, dessen Sprache er nicht verstand. Sein Gedächtnis hatte ihn mal wieder, vermutlich durch die Aufregung seiner Abreise von der kleinen Insel, verlassen. Er war nicht in der Lage, viel über die vergangenen Jahre mitzuteilen. So wurde er von einer Stelle zur anderen gereicht. Zuletzt kam er in die deutsche Botschaft nach Athen, da er bei den vielen Befragungen einige deutsche Worte aus sich heraus brachte. Dort versuchte man aufgrund seiner wenigen Angaben herauszufinden, wer er war und durch welches Ereignis er nach Griechenland verschlagen wurde. Einen Flugzeugabsturz konnte man schnell ermitteln, doch bisher war man davon ausgegangen, dass alle Besatzungsmitglieder und Passagiere bei dem Absturz ums Leben gekommen sind. Es war zunächst nicht möglich, ihn eindeutig einer einzelnen Person zuordnen. Da das Flugzeug aber aus Deutschland kam und er mutmaßlich diese Sprache beherrschte, untersuchte man über Wochen noch einmal die Schicksale der einzelnen Passagiere. Zum Schluss blieb nur ein Name übrig. Norbert Römer. Nur war es den deutschen Behörden von Athen aus nicht möglich, irgendwelche Angehörigen festzustellen. So bekam er vorläufige Papiere ausgehändigt und durfte nach Deutschland ausreisen.

In den letzten Wochen hatte er dann in Deutschland nach seiner Familie gesucht. Die frühere Anschrift von Norbert Römer erwies sich als wenig hilfreich. Dort lebte keine Familie Römer, eine solche war auch nicht bekannt. In den kurzen Momenten, in denen sein Gedächtnis mitspielte, war er zwar der Meinung, er würde die Gegend irgendwie wieder erkennen, dann gab es aber wieder Momente, da konnte er sich an nichts erinnern. Die Suche war ein reines Puzzlespiel.

Eines Tages kam er an einem Reisebüro vorbei und besah sich im Schaufenster die vielen Fotos der angebotenen Reiseziele. Immer wieder fiel sein Blick auf die Dünenlandschaft einer kleinen Insel. Er wurde unruhig. Irgendwie hatte er das Gefühl, diese Insel zu kennen. Er ließ sich daher ein ausführliches Reiseprospekt mitgeben und studierte es stundenlang. Immer mehr kam er zu der Erkenntnis, die Insel schon einmal besucht zu haben. Seine Unruhe verstärkte sich, und er sagte zu sich, wenn ich schon sonst keinen Hinweis auf meine Familie finde, so kann ich es ja mal mit dieser Insel probieren. Also ließ er sich eine Unterkunft anbieten und machte sich auf den Weg ins Töverland – nach Juist.

„Mama, guck mal. Man kann schon den Hafen sehen." Mieke steht neben ihrer Mutter an der Reling und zeigt mit ihrem kleinen Arm nach vorn. Der Mann erwacht aus seinen Gedanken und folgt mit seinem Blick dem ausgestreckten Arm. Die Insel ist schon nah, schon sind einzelne Häuser des Dorfes gut zu erkennen. Weit kann es bis zum Hafen nicht mehr sein. Allerdings muss das Schiff immer wieder seinen Kurs in der engen Fahrrinne ändern. Es gleitet ganz nah an Priggen vorüber, die aus Birken bestehen. Die Priggen müssen frisch gesetzt worden sein. Einige zeigen doch tatsächlich das frische Grün der ausschlagenden Birken. Gerade ändert die Fähre mal wieder ihren Kurs, und da erkennt er hinter einer roten Spierentonne die markante Hafeneinfahrt des kleinen Inselhafens mit dem nebenan liegenden Yachthafen.

„Ob Oma wohl schon auf uns wartet?" fragt Mieke gerade. Da zuckt es wie ein stechender Schmerz durch seinen Kopf. Plötzlich liegt wieder alles klar vor ihm. Er war früher schon einmal mit dem Schiff hierher gefahren, allein. Seine Frau war schon einige Zeit auf der Insel und erwartete ihn. Sie stand wie immer am äußersten Ende der Hafeneinfahrt und schaute der ankommenden Fähre entgegen. War da nicht eine kleine Skulptur im Watt? Er kann sich nicht mehr genau erinnern, was sie darstellen sollte. Sein Herz klopft mächtig an seine Brust, als er angespannt in Richtung Hafen schaut. Die Frisia IX ist mittlerweile um die Tonne herum in die Hafeneinfahrt eingebogen. Der Hafen liegt direkt vor ihnen.

„Ja, ja, ich kann Oma schon sehen", ruft Mieke plötzlich. „Sie steht wie immer auf der Standkrabbe, und Amika ist auch dabei." Dem Mann bleibt die Luft weg. *Nein, nein, das kann doch nicht sein*, denkt er. Seine Hände umklammern die Reling und er schaut gebannt in Richtung Hafen. Da sieht er links eine große, schlanke Gestalt in einer bunten Jacke stehen. Unter einer Strickmütze quillt langes weißes Haar hervor. Die Gestalt steht etwas erhöht am Rande des Watts und neben ihr sitzt mit erhobenem Kopf ein großer, schwarzer Hund.

Der Mann steht immer noch wie erstarrt an der Reling. Er schaut gebannt auf die Gestalt, auch noch als das Schiff vorbeigleitet, im Hafenbecken kurz manövriert und schließlich am Kai festmacht. Die ersten Gäste gehen bereits von Bord. Immer noch steht er starr und steif an Deck, und kann seinen Blick nicht von der Gestalt los reißen, die jetzt langsam auf den Hafen zugeht. Er sieht Mieke mit ausgebreiteten Armen auf die Gestalt zulaufen. Da erst kommt Leben in seine verkrampfte Gestalt. Er löst sich von der Reling und verlässt das Schiff über die runter gelassene Laderampe am Heck. Langsam folgt er Mieke und ihrer Mutter. Dabei zittern seine Beine und er kann sich kaum aufrecht halten.

Mieke hat mittlerweile ihre Oma erreicht. Der Hund springt zu Begrüßung um sie herum und vollführt einen regelrechten Tanz. Seine schwarzen Ohren flattern dabei um seinen schwarz-bärtigen Kopf. Langsam kommt der Mann der Gruppe immer näher. Niemand beachtet ihn. Sein Blick ist starr auf die weißhaarige Frau in der bunten Jacke gerichtet. Seine zittrigen Beine können ihn plötzlich nicht mehr halten, er knickt ein und geht in die Hocke.

Der schwarze Riesenschnauzer ist beim Herumtollen bis auf wenige Meter an den alten Mann herangekommen. Plötzlich verharrt er mitten in einem Sprung. Er hat den Mann gesehen und wird ganz steif. Er blickt dem vor ihm Kauernden mitten ins Gesicht. Dann richtet sich der schwarze Kopf auf, die lange, gefederte Rute steht fast waagerecht vom Körper weg. Bewegt sich da die Rutenspitze hin und her? Langsam schiebt sich der Hund Meter um Meter an den Alten heran. Der sieht nicht, was um ihn herum geschieht. Er achtet nur auf den Hund, und sieht auch nicht, wie die Frauen und Mieke in ihrer Begrüßung verhoffen und betroffen auf den Hund und den Mann schauen.

Nun steht der schwarze Vierbeiner so nah vor dem Mann, dass er ihn fast mit seiner Hand erreichen kann. Immer noch schaut er dem Alten in die Augen. Aus dessen Mund ist ein kaum zu hörendes „Amika" zu vernehmen. Da plötzlich springt der Hund mit einem hellen Bellen los, stürmt mit unvorstellbarer Geschwindigkeit los und umrundet die kleine Gruppe der Menschen einmal, zweimal, dreimal. Sein Körper ist gestreckt und sein schwarzes Fell glänzt in der Sonne. So plötzlich wie er losgesprungen ist, verharrt er wieder und geht langsam auf den Mann zu. Seine schon grau werdende, bärtige Schnauze sucht nach dem rechten Ohr des Alten, und zärtlich knabbert er das Ohrläppchen an.

Tränen laufen über sein Gesicht. Durch den Wasserschleier sucht er die beiden Frauen und das kleine Mädchen. Der alte Mann breitet seine Arme aus. Ein Wunder ist geschehen, im Töwerland.

Streicheleinheiten

Wow, unvermittelt halte ich die Luft an. Es fühlt sich an, als würden sich unzählige kleine Zitteraale über meinen Rücken schlängeln, und mit jeder Bewegung feine, durchaus nicht unangenehme Stromstöße auf meiner Haut auslösen. Ich liege mit dem Bauch auf der mit einem großen, bunt gewirkten Ritualtuch bedeckten Matte, den Kopf zur Seite gedreht. Neben mir steht mein Shiva und schwingt mit sanften, kreisenden Bewegungen ein Seidentuch. Ab und zu berührt das Tuch meinen nackten Rücken und erzeugt eben diese leichten Stromstöße, der mich erschaudern lassen. Bei jeder Berührung atme ich stoßweise aus, während mein Körper immer schwerer wird und zunehmend entspannt.

Als ich vor gut zwei Wochen das ausgeschriebene Seminar im Internet entdeckte, war ich sogleich begeistert. „Geheimnis der Sinne und des Fühlens". Der Titel machte mich neugierig, die unterschiedlichen Seminarinhalte versprachen totale Entspannung durch bewusste Sinneswahrnehmungen und sensitive Übungen. Das war genau das richtige, um mich von dem Alltagsstress der letzten Monate zu erholen. Nach kurzer, intensiver Überlegung habe mich tatsächlich getraut und zu dem Kurs angemeldet. Tantra – bisher hatte ich nur wenig über diese fernöstliche Lebenseinstellung gelesen. Jetzt wollte ich selbst einmal etwas davon ausprobieren.

Mittlerweile steht mein ganzer Rücken unter Strom. Jede noch so kleine Berührung des Seidentuches ruft sofort einen wohligen Schauer hervor. Ich schnurre leise vor mich hin. Ob meine Katzen ein ähnliches Gefühl verspüren, wenn ich ihr Fell kraule? Mein Shiva hört auf, mit dem Tuch zu schwingen, bedeckt damit nun meinen Körper.

Ich spüre seine Handflächen auf Herz- und Sexual-Chakra. Er hält kurz mit leichtem Druck inne und beginnt dann, mit beiden Hände leicht auf dem Tuch zu kreisen. Wieder lösen die sanften Bewegungen Kaskaden von wohligen Schockwellen auf meinem Rücken aus. Kommt es mir nur so vor, oder schnurre ich tatsächlich lauter?

Heute Vormittag war ich voller Vorfreude losgefahren. Was mich wohl erwarten würde? Schon der Anreisehinweis auf die alte Bauernkate mitten im Wald verhieß Spannendes. Und wirklich, mich empfing ein alter Fachwerkbau, dessen Tenne zu einem gemütlichen Empfangs- und Essraum ausgebaut war. Unter dem Dach ein großer Seminarraum, beleuchtet durch das Kerzenlicht von unzähligen Leuchtern an den Wänden ringsumher. Der Duft wohlriechender Räucherstäbchen verwandelte den Raum in eine Wohlfühloase, noch gesteigert durch die sanften Klänge der beruhigenden Musik aus versteckten Lautsprechern. Die Atmosphäre sprang sofort über, und ich merkte schon nach wenigen Minuten, wie ich ruhiger wurde und ein Teil meiner Alltagshektik sich im Klang der Melodie auflöste.

Leichte Bewegungen meiner Unterlage zeigen mir an, dass sich mein Shiva langsam zu meinen Füßen hin bewegt. Da, plötzlich hebt ein Windhauch das Seidentuch ein Stück von meinem Rücken. In einer fließenden Bewegung gleitet es wieder auf meinen nackten Körper. Ein paarmal wiederholen sich die Wellenbewegungen des Tuches. Es ist, als würde mich ein warmer Wind streicheln. Immer wieder rollt eine leichte Brise über meinen Rücken. Ah, tut das gut. Dieses Streicheln beruhigt meinen vorher durch die elektrischen Schockwellen aufgeladenen Rücken zunehmend. Ich kann ein wohliges leises Stöhnen kaum unterdrücken. Gerade noch liegt das Seidentuch mal ruhig über mir, dann fängt es auch schon an, ganz langsam meinen Rücken in Richtung Po und Beine hinunter zu gleiten. Mein Shiva zieht unendlich langsam das Tuch von meinem Körper. Ich fühle mich so als würde ich am Strand von den seicht auslaufenden Wellen des Meeres umspült. Hm, ja, bitte, lass die Wellen unendlich so weiter spielen.

Ich lernte also die übrigen Kursteilnehmer kennen. Wir sind eine bunt gemischte Truppe. Während Männer und Frauen sich die Waage halten, sind alle Altersgruppen vertreten. Alle Teilnehmer machten auf mich den gleichen, erwartungsvollen Eindruck. Allesamt sympathisch, ich habe mich von Anfang an wohl gefühlt. Nach einer kurzen Vorstellungsrunde war das eigentliche Kennenlernen jedes einzelnen für mich schon eine Herausforderung. Unsere Aufgabe bestand darin, seinem Gegenüber lange Zeit ins Auge zu sehen, oder besser ausgedrückt, durch das Auge in die Seele zu blicken. Die Zeit des Schauens nahm für mich zunächst kein Ende. War ich es doch überhaupt nicht gewohnt, einer anderen Person direkt ins Auge zu sehen. Und das auch noch über gefühlte mindestens fünf Minuten. Aber mit jedem Wechsel wurde es besser. Und mit der Zeit stellte sich eine völlige Vertrautheit zu dem von mir Betrachteten ein. Wie das anschließende Feedback ergab, erging es den anderen ähnlich. Jedenfalls hatte ich am Ende der Übung das Gefühl, als würde ich jeden einzelnen schon lange kennen und wäre äußerst vertraut mit ihm.

Oh, schade. Das Spiel der Wellen ist beendet. Ich empfinde nunmehr, als ginge das Wasser mit der ablaufenden Flut zurück. Erst noch der Rücken, dann der Po, zuletzt die Beine werden von den fließenden Wellenbewegungen umschmeichelt. Mein Shiva hat das Tuch vollends von meinem Körper gezogen. Aber noch wirkt das Spiel der

Wellen nach. Ich spüre immer noch, wie ein sanftes auf und ab, ausgehend von meinen Schultern, den nackten Körper herunter rollt. Es fröstelt mich leicht, obwohl der Seminarraum wohlige Wärme ausströmt. Ich bin total entspannt. Vor meinen Augen erblicke ich in der Sonne einen weißen Strand in einer kleinen Bucht, mit klarem, blau schimmerndem Wasser.

Nach der Vorstellungsrunde lernte ich einige neue Begriffe kennen. Shiva, das ist ein hinduistischer Halbgott. Er steht für „der Liebevolle oder der Glückverheißende". Letztlich werden die Männer so bezeichnet. Die Frauen nennt man Shakti, als Sinnbild für die göttliche Mutter. Lunghi ist das bunte Tuch oder die Decke, mit dem man seinen nackten Körper umhüllt. Ich lernte auch Yoni und Lingam kennen, doch diese spielen hier im Seminar keine Rolle. Schließlich wollen wir uns nur mit den Sinnen und dem Fühlen beschäftigen, nicht aber mit intimen Massagen, die dem roten Tantra vorbehalten sind.

Huh, was streicht denn da an meinen Beinen hinauf. Großflächig berühren mich tausende feinste Härchen, mal mit sanftem, mal mit festem Druck. Immer wieder streicht dieses Etwas über meine Haut, verweilt kreisend über meinem Po, um dann mit festem Strich den Rücken zu erkunden. Ich fühle, wie sich unter diesem feinen Pelz meine Haut erwärmt. Und schon bald erglüht meine gesamte Rückseite. Jeder Strich wird mit einem wohligen Seufzer aus meinen leicht geöffneten Lippen begleitet. Ich fange an, mich unter den immer kräftiger streichenden Händen meines Shivas leicht zu räkeln. Es scheint, als würde das Glühen seitlich über die Lenden unter meinen Bauch, und von der Rückseite der Schenkel zwischen den

Pobacken hindurch zur Yoni, kriechen. Oh, ja, jetzt bloß nicht aufhören.

Bevor mich mein Shiva hier mit diversen Streicheleinheiten verwöhnt, haben wir in der Gruppe noch andere Übungen durchgeführt, die unsere Sinne schärfen sollten. So durfte sich eine Person auf den Bauch legen. Alle anderen legten ihre Hände auf den Körper des Liegenden, auf Rücken, Arme und Beine. Dabei wurde ständig die Position gewechselt. So blieb keine Körperpartie von dem Handauflegen verschont. Jeder Kursteilnehmer bekam die Gelegenheit, die Hände der anderen auf seinem Körper zu spüren. Ich war erstaunt, mit welcher Achtsamkeit mir die anderen ihre Hände auflegten, so als würden sie meinen Körper verehren. Ein wunderbares Gefühl.

Mein Shiva hat offensichtlich sein Streichelwerkzeug gewechselt. Meine Haut wird gleichzeitig an vielen Stellen punktuell ganz leicht berührt. Dann wieder ein Wechsel aus einem leichten, fließenden Streicheln, aus einem sanften Tupfen mit weichen Spitzen. Federn, geht es mir durch den Kopf. Ja, ganz weiche Federn. Oh, wie schön. Unbewusst versucht mein Rücken zu erahnen, wo der nächste Federstrich aufgesetzt wird. Er dreht sich hin und her, während ich die Augen geschlossen halte und ein tiefes, glückseliges Brummen zu vernehmen ist.

„Geheimnis der Sinne" – mein Shiva könnte mich ewig so weiter verwöhnen.

Der Clown

Was für ein Bild! Ein Künstler hätte seine helle Freude an der Pracht der Farben gehabt. Die Sonne neigte sich bereits gegen den weiten Horizont und schien direkt durch das leicht gewölbte Fenster in den kleinen Wohnwagen. Der enge Raum schien komplett mit Farben ausgefüllt zu sein, was auch daran lag, dass ein großer Spiegel mit zwei beweglichen Seitenflügeln die Farbenpracht unzählige Male vervielfachte.

Der kleine, betagte Clown saß in seinem weiten, farbenfrohen, großflächig gemusterten Kostüm vor dem Schminktisch, um sich auf seinen Auftritt vorzubereiten. Normalerweise liebte es der Alte, sich bei gutem Licht zu schminken. Dann konnte er besonders gut letzte Hand anlegen an das fröhliche Clownsgesicht, das immer wieder vor allem die kleinen Zuschauer in der Manege zu wahren Lachsalven animierte. Doch heute war alles anders. Pepe, der Clown, saß zusammengesunken vor dem großen Spiegel und blickte in sein halb bemaltes Gesicht. Seine hellen Augen, die sonst immer so strahlend leuchteten und allein schon jeden, der in sein Gesicht sah, fröhlich und heiter stimmten, starrten ihm jetzt stumpf und grau entgegen. Auch schien es, als läge ein feuchter Film über den Pupillen, der den Blick wie mit einem Schleier zusätzlich vernebelte. Seine rechte Hand mit dem roten Farbstift war kraftlos auf den mit zahlreichen Gläsern und Tuben übervollen Schminktisch gesunken. Pepe konnte sich nicht losreißen von seinen weit aufgerissenen starren, traurigen Augen. Es schien so, als blickte er durch die grauen Löcher in eine weit entfernte Welt.

Vorsichtig wiegte der Mann das kleine Bündel Mensch in seinem Arm. Auf dem rosigen Gesicht mit den geschlossenen Augen lag ein verzaubertes Lächeln. *Meine Tochter*, dachte der Mann, *du machst mich zum glücklichsten Menschen auf dieser Welt.* Vor ein paar Minuten hatte ihm eine Krankenschwester das Bündel Mensch in den Arm gelegt. Seine Frau hatte ihm ein Kind geschenkt, ein Mädchen. *Valerie sollst du heißen*, der Mann schmunzelte, *das ist der Name deiner Großmutter.* Er konnte sich kaum von dem friedlichen kleinen Gesicht lösen und es wurde ihm ganz warm ums Herz. Plötzlich wurde die Tür zum Kreißsaal aufgerissen und der Oberarzt trat auf ihn zu. Er schaute den Mann ernst an. „Es tut mir leid. Es gab eine Komplikation. Bitte kommen Sie mit zu Ihrer Frau. Ich fürchte, wir können nichts mehr für sie tun. Sie verblutet innerlich." Innerhalb von Sekunden erloschen allen Glücksgefühle. Er überließ das Bündel einer herbeieilenden Schwester und eilte hinter dem Arzt her. Seine Frau blickte ihn mit kalkweißem Gesicht an. Aus ihren Augen las er all die Liebe, die sie ihm in den vergangenen Jahren geschenkt hatte. „Pass gut auf unsere Tochter auf", flüsterte sie schwach. Dann brach ihr liebender Blick.

Pepe saß immer noch regungslos vor dem großen Spiegel. *Ach Klärchen, du hast mir so sehr gefehlt.* Seine rechte Hand mit dem Farbstift zittert leicht. *Aber ich habe all die Jahre gut auf unsere Tochter aufgepasst. Habe sie heranwachsen und zur Frau werden sehen. Habe sie zum Traualtar geführt und ihr beigestanden, als ihr Mann viel zu früh verunfallte. Klärchen, bis heute habe ich sie vor allem Bösen bewahren können. Und jetzt?* Eine dicke Träne rann aus seinem rechten Auge, lief über die bereits im knalligen Rot gefärbte Wange und hinterließ eine unscharfe Furche in der frischen Farbe.

Mit einem tiefen Seufzer drehte er leicht seinen Kopf und schielte nach dem zusammengeknüllten Telegramm zwischen den vielen Farbtuben. Universitätsklinik ... der Absender war gerade noch so auf dem zerknitterten Papier zu erkennen. *Wie soll ich denn heute da draußen die Menschen zum Lachen bringen?* Eher mechanisch hob sich seine Hand und der Farbstift besserte die Furche auf seiner Wange aus. Ohne darauf zu achten, was er tat, begann der Stift nun auch die andere Wange einzufärben. Bald leuchtete das Gesicht in einem kräftigen Rot. Seine Hand griff sich einen anderen Stift und begrenzte die roten Flächen mit einem dicken weißen Rand.

Vor einigen Wochen hatte er einen Hilferuf seiner Tochter erhalten. Sie wohnte im hohen Norden, weit weg von seiner derzeitigen Tourneeroute. Es ginge ihr in letzter Zeit nicht gut, schrieb sie. Immer öfter wäre ihr übel. Und in der letzten Nacht war sie dann zusammengebrochen. Im Krankenhaus dann die niederschmetternde Diagnose: Krebs. Sie hatte einen großen Tumor im Kopf, nicht mehr operabel. Pepe hatte sofort all seine Ersparnisse zusammen gekratzt und Valerie in der Uni-Klinik untergebracht, die sich mit der Behandlung von Gehirntumoren einen Namen gemacht hatte. In der folgenden Zeit musste sich Valerie einer anstrengenden Therapie unterziehen. Neben Chemo gab es immer wieder Bestrahlungen. Die Ärzte waren guten Mutes, und vor zwei Wochen verkündete der Chefarzt persönlich, der Tumor würde sich zurückbilden. Und jetzt, völlig unerwartet, dieses Telegramm. Ein Schauer schüttelte den zusammengekauerten Körper. Pepe schielte wieder zu dem Papier auf seinem Schminktisch.

Mit ganz langsamen Bewegungen vergrößerte Pepe die Linien um seinen Mund so, dass sich bei jeder Bewegung seiner Lippen ein fröhliches Grinsen auf sein Gesicht legte. Seine Hand zitterte und er musste sich alle Mühe geben, den Farbstift nicht abrutschen zu lassen. So, nun noch die Augenbrauen dick kolorieren und die kleinen Lachfältchen sorgfältig aufmalen. Ein fröhliches Gesicht schaute ihm aus dem Spiegel entgegen. Nur die stumpfen, traurigen Augen wollten nicht dazu passen. Zum Schluss platzierte es noch die kleine orangefarbene Knollennase. Fertig war der Clown Pepe, wie er seit Jahren in allen Manegen dieser Welt auftrat. Wieder starrte er in seine Augen, als sähe er in ein fremdes Gesicht. *Wie soll ich denn heute da draußen meine Show aufführen? Ich kann das nicht!*

Valerie hatte Geburtstag, ihren vierten. In den Jahren zuvor war sie meist in einer Pflegefamilie untergebracht gewesen, wenn Pepe mit dem Zirkus unterwegs war. Am heutigen Geburtstag wollte er sie erstmals mit in eine Vorstellung nehmen. Valerie war begeistert, lachte Tränen und am Ende der Vorstellung stürmte sie in die Manege, in seine Arme. „Papa, du bist der Größte! Versprich mir, nie etwas anderes zu sein als ein Clown, der den Menschen das Lachen bringt." Von diesem Tag an lebte sie mit Pepe zusammen im Wohnwagen und begleitete ihn um die ganze Welt. Einmal, als sie wegen einer fiebrigen Grippe im Bett bleiben musste, bestand sie darauf, dass er in die Manege ging. „Geh, Vater, geh, du musst da raus. Wer soll denn sonst den Kindern das Lachen bringen!" Und aus dem Zirkuszelt drangen der Jubel und das Lachen der Kinder bis an ihr Bett.

„Es tut uns leid, Ihnen mitteilen zu müssen, dass Ihre Tochter heute Früh friedlich eingeschlafen ist." Immer wieder hämmerten sich die Worte des Telegramms in seinen Kopf. Pepe stöhnte laut. „Ich kann nicht! Ich kann da nicht rausgehen!" Er schaute wieder in den

Spiegel, blickte direkt in seine verschleierten Augen. Plötzlich verschwand der Schleier. Pepe erkannte ein kleines Mädchen, welches in einem bunten Kleidchen auf ihn zu hüpfte. „Papa, geh! Geh raus! Wer soll denn sonst den Kindern das Lachen bringen!" Ganz klar und deutlich hörte er die Stimme seiner Tochter, und plötzlich blickte er in strahlende blaue Kinderaugen. Da stand er auf, setzte sich den großen Hut mit den angesetzten weißen Haarsträhnen auf den Kopf. Ein letztes Mal betrachtete er sein buntes Clownsgesicht im Spiegel. Dann drehte er sich um und verließ den Wagen

.

Das Wunder von St. Vinzenz

Der Chor hat schon Aufstellung genommen in der eher schlicht gehaltenen Kirche. Ganz in Schwarz gekleidet postieren sich die Frauen und Männer auf den Stufen vor dem mächtigen Hochaltar, nach Stimmen sortiert. Mathilde, die Vize-Chorleiterin hat nach ersten Lockerungsübungen mit dem Einsingen begonnen. Es ist nicht mehr lange hin bis zu dem Konzert, für das der Chor fast ein ganzes Jahr geprobt hat. Aus der Sakristei hört man leise den Bass. Auch dieser Solist bereitet sich auf seinen schwierigen Part vor. „Nicht so abgehackt, schmiert jetzt noch lieber die Töne. Das macht eure Stimmbänder frei." Mathilde gibt letzte Tipps.

Irgendwie ist eine Spannung in der Luft, die noch leicht nach Weihrauch von der Frühmesse duftet. Und dies liegt nicht daran, dass sich der Chor schon auf das Konzert konzentriert. Es fehlt noch ein Solist. Der Tenor ist bisher noch nicht eingetroffen. Und dabei ist es keine Stunde mehr hin bis zum Konzert. Vor der Kirche stehen bereits die ersten Zuhörer und warten ungeduldig, dass sich die schweren Türen des Hauptportals zum Einlass öffnen. Da eilt plötzlich die Küsterin durch das Kirchenschiff, ein Handy am Ohr, und winkt aufgeregt nach dem Chorleiter, der sich noch mit der Pianistin unterhält. Sie flüstern angeregt miteinander. Gottfried, der Chorleiter, geht mit blassem Gesicht zu Mathilde und flüstert ihr etwas ins Ohr. Mathilde erbleicht. Dann wendet sich Gottfried an den Chor. „Wir haben da ein großes Problem. Unser Tenor wurde vor einer Stunde auf dem Weg hierhin in einen Autounfall verwickelt. Er wurde zum Glück nicht schwer verletzt, ist aber erst einmal zur Beobachtung ins Krankenhaus gebracht worden." Ist da ein

Aufstöhnen von den Stufen zu hören? Es wird unruhig unter den Schwarzgekleideten. „Heißt das jetzt, unser Konzert fällt aus? Wo kriegen wir denn so schnell Ersatz her? Ohne Tenor können wir doch nicht auftreten!" Fragen prasseln auf Gottfried ein. Der hebt die Hände und beruhigt den wild durcheinander redenden Chor. „Lasst uns mal überlegen. Also, wir haben schon eine Menge Karten verkauft, und draußen warten die ersten Gäste. Jetzt abzusagen heißt, das Konzert auf ungewisse Zeit zu verschieben. Ich denke, Martin könnte die kleineren Soloparts übernehmen. Die hat er doch auch in den Proben häufig mitgesungen." Mathilde nickt. „Ja, Martin, das kannst du bestimmt." „Also wenn ihr mich fragt, wir sollten das Konzert durchziehen. Das große Tenorsolo lassen wir einfach ausfallen. Eva-Lotte spielt es auf dem Klavier. Sie hätte den Solisten ja sowieso begleitet." „Ja, das müsste gehen. Ich erkläre dem Publikum die Situation. Sie haben bestimmt Verständnis dafür." Gottfried streckt sich. Los, jetzt geht erstmal zum letzten Verschnaufen in die Sakristei. Wir müssen jetzt das Portal öffnen." In der Sakristei diskutieren einzelne Chormitglieder noch lange die neue Situation.

Die Kirche ist mittlerweile fast bis auf den letzten Platz gefüllt. Der Chor und die übrigen Musiker nehmen ihren Platz ein. Gottfried begrüßt das erwartungsvolle Publikum und erläutert kurz das heutige Werk, die Rossini-Messe. Er holt noch einmal tief Luft. „Liebes Publikum, leider muss ich Ihnen noch eine betrübliche Mitteilung machen. Einer unserer Solisten, der Tenor, hatte auf dem Weg zur Kirche einen Autounfall. Es ist ihm zwar nichts Schlimmes passiert, allerdings wurde er zur Beobachtung ins Krankenhaus gebracht. Wir waren leider nicht in der Lage, so schnell Ersatz zu bekommen, wollten aber das Konzert nicht absagen. Das Tenorsolo innerhalb des

„Gloria" wird daher nur von unserer Pianistin am Klavier gespielt. Die übrigen kleineren Soloparts übernimmt ein Mitglied des Chores. Ich hoffe auf Ihr Verständnis." Nach einer kurzen Zeit betroffenen Schweigens wird erst vorsichtig, dann immer mehr im Zuhörerraum geklatscht. „Ich werte Ihren Applaus als Zustimmung, das Konzert dennoch aufzuführen." Gottfried verneigt sich. Dann wendet er sich um. Die Messe beginnt.

Das Kyrie klappt wunderbar. Man merkt, dass der Chor lange an dem schwierigen Stück geprobt hat. Auch Ludwig, ein Chorsänger im Tenor fühlt sich gut. Er ist sicher, die erste Nervosität hat sich gelegt. Als die ersten Töne des „Gloria" erklingen, spürt er plötzlich eine Wärme in sich aufsteigen. Gleich wird der Solopart des Tenors an der Reihe sein. Ein Part, den er häufig allein zuhause ganz leise nach der Übungs-CD mitgesungen hat. Die auf kriechende Wärme hat mittlerweile seinen Brustraum erreicht. *Was ist mit mir los*, denkt er, als auch sein Hals anfangt zu glühen. Irgendwie hat er das Gefühl, jemand streift mit heißer Hand über seine Stimmbänder. Vor seinem Auge erstrahlt es so hell, dass er instinktiv die Augen schließt. Plötzlich erscheint zu seinem Erstaunen die Partitur des Tenorsolos wie aus dem Nichts. Eva-Lotte beginnt den Solopart zu spielen.

Was ist das? Aus der hinteren Reihe des Chores fällt ganz leise eine wunderbare Tenorstimme in die Melodie ein, beginnt pianissimo den Solopart, und steigert sich genauso, wie es der Komponist sich wohl gedacht hat. Aber nicht nur, dass die Stimme den Part notengerecht meistert, sie wird auch immer kräftiger und füllt das gesamte Kirchenschiff. Gottfried erstarrt am Dirigentenpult. Die Chormitglieder drehen erstaunt ihren Kopf. Langsam, ganz langsam treten sie seitwärts, so dass in der Mitte des aufgestellten Chores eine Gasse entsteht. Auf der obersten Stufe, mitten vor dem Altar steht Ludwig. Sein Körper ist gestreckt, der Kopf leicht angehoben, die Augen geschlossen. Und er singt mit Inbrunst „Cum Sancto Spiritu", so dass Eva-Lotte Mühe hat, ihr Pianospiel dem Gesang anzupassen. All sein Gefühl steckt er in das Solo, hebt und senkt an den richtigen Stellen seine Stimme. In der Kirche ist es mucksmäuschenstill. Alle Zuhörer lauschen den Tönen, und schauen mit großen Augen auf den Chor mit dem unerwarteten Tenor in seiner Mitte.

Die letzten Töne des Finales lassen im forte die kleine Kirche erbeben. Ludwigs Stimme kann mühelos mithalten und meistert auch die höchsten Töne. Der letzte Ton verklingt und schwebt verhauchend durch das Kirchenschiff. Zunächst vollkommene Stille, dann ein erster zaghafter Applaus, der immer lauter wird. Die Zuhörer erheben sich und klatschen euphorisch. Selbst Gottfried ist mittlerweile wieder aus seiner Erstarrung erwacht, schaut nach wie vor ungläubig auf Ludwig und den Chor und stimmt dann in den allgemeinen Applaus ein. Auch die Chormitglieder applaudieren frenetisch.

Mit dem letzten Ton verlässt die bisherige Wärme Ludwigs Körper. Ihm wird mit einem Mal bitterkalt. Seine Gestalt fällt wieder in sich zusammen, zu dem früheren unscheinbaren, einfachen Chormitglied. Alle Kraft verlässt ihn und er tastet nach dem hinter ihm stehenden Stuhl, sackt langsam schwer atmend auf die Sitzfläche. Die Leute applaudieren immer noch. Gottfried steigt die Stufen hoch und beugt sich zu Ludwig hinunter. „Alles in Ordnung? Kannst du weitermachen?" Ludwig nickt müde. „Wir machen weiter im Programm, Jetzt kommen ja erst einmal die anderen Solisten." Leise gibt Gottfried Anweisungen an den Chor. Dann geht er wieder zu seinem Dirigentenpult und hebt die Arme, um das Publikum zu beruhigen. „Wir werden jetzt unser Konzert fortsetzen. Und ich bitte Sie, Ihren Beifall bis zum Schluss des Konzertes aufzuheben." Er nickt in Richtung Eva-Lotte, die mit dem Vorspiel der Sopranistin beginnt.

Jägerlatein

„Puh, ist das eine Kälte da draußen!" Heiner schiebt seinen Vordermann in den kleinen Flur der Dorfschänke und schüttelt sich einmal kräftig, dass der Rest der Schneeflocken von seinem dicken, dunkelgrünen Lodenmantel in alle Richtungen fliegt. „Jetzt brauche ich erst einmal einen kräftigen Grog. Aber mit viel Rum, damit ich wieder auftaue." Mit einem schiefen Grinsen klaubt er seinen Jagdhut mit dem Saubart vom Kopf, so dass sich die krausen Grauhaare ungebändigt nach allen Seiten ausbreiten. „Immer rein in die gute Stube. Das haben wir uns heute redlich verdient."

Hinter ihm schieben sich immer mehr Grüngekleidete mit roten, verfrorenen Gesichtern durch die Tür und schälen sich nach und nach aus ihren dick gefütterten Loden. Heiner nimmt seine geöffnete Doppelflinte, hängt sie sich locker über die Schulter und geht voran in die Schankstube. „Hey Jupp! Mach doch für alle einen kräftigen Grog, aber nimm ganz viel Rum. Die erste Runde geht auf mich. Hab ich doch wunderbar an Meister Reineke vorbei geschossen." Er lacht über das ganze Gesicht. In den mächtigen grauen Augenbrauen hängt noch so mancher Eisklumpen. In der Wärme der Stube verwandelt sich das Eis in ein dünnes Rinnsal und bahnt sich sogleich seinen Weg über das verschmitzte Rundgesicht des Alten abwärts.

Mittlerweile ist auch der Rest der kleinen Jagdgesellschaft eingetroffen und hat die Flinten an das rustikale Nagelbrett gehängt. Die kleine Schar hat sich heute Vormittag zu der obligatorischen Treibjagd des Dorfes getroffen, die jedes Jahr am Hubertustag stattfindet. Der heutige Jagdtag war wie verhext. Bei dem eiskalten Wetter hatte sich auf den Äckern nur wenig Wild gezeigt. Und die

Kälte machte den Männern arg zu schaffen, sodass nur Fehlschüsse gemeldet wurden. Zu guter Letzt hatte auch noch Heiner, der sonst meist als Jagdkönig auftrumpfte, diesen besonders mächtigen Fuchsrüden glatt verfehlt. Ach, was soll's. Die Alten haben in ihren langen Jagdleben schon so viel Wild erlegt, da können sie den heutigen Tag gut verschmerzen. Und sicherlich wird in nächster Zeit noch der eine oder andere Küchenhase fallen.

Die Gesellschaft hat es sich gerade an dem großen, runden Stammtisch gemütlich gemacht, als auch schon Josef, der Wirt, von allen nur „Jupp" genannt, mit einem großen Tablett, voll mit dampfenden Gläsern, aus der Küche kommt. Sofort hebt sich die Stimmung am Tisch. „Auf unsere heutige, besonders erfolgreiche Jagd!" Heiner lacht verschmitzt und hebt das dampfende Glas. „Heute haben wir uns alle mal wieder selbst übertroffen, wir armen Schneider. Soll also Meister Reineke eben noch ein wenig den Feldmäusen nachstellen. Also, auf unseren Jagdtag ein dreifaches Horrido!" „Joho! Joho! Joho!", fallen seine Jagdkameraden ein. Sie machen es Heiner nach und heben ihr dampfendes Glas zur Mitte des Tisches. Eine vereinigte, stattliche Dampfwolke erhebt sich über dem Rund gegen die vertäfelte Decke.

„Ah, das tut gut." Friedrich, der rechts neben Heiner sitzt, schnalzt mit der Zunge. „Ich habe doch tatsächlich gedacht, meine Flinte wäre mir an den Händen festgefroren. Die Finger waren auch ganz steif, und so bin ich zweimal viel zu spät zu Schuss gekommen. Die Hasen werden es mir danken." Die Runde lacht und scherzt. „Auf einem Bein sollte man nicht stehen", ruft jemand, und schon wird eine zweite Runde des heißen Getränks bestellt. Die Stimmung am Tisch steigt mit jedem dampfenden Glas. Die alten Grünröcke schwatzen und lachen. Jupp hat alle Hände voll zu tun, rechtzeitig für den Nachschub zu sorgen. Und wenn man so in die Runde schaut, blickt man wiederum in rote Gesichter. Nur ist diesmal der heiße Alkohol daran schuld.

Gerade hat jemand einen deftigen Witz erzählt, und die Alten schlagen sich vergnügt auf die Schenkel. Da steht Heiner auf und schlägt mit dem Löffel an sein Glas, bis etwas Ruhe einkehrt. „Leute! Heute, da draußen in der Eiseskälte, musste ich an eine lustige Geschichte denken, die ich vor einigen Jahren nach einer Treibjagd selbst erlebt habe." Die roten, verschwitzten Gesichter drehen sich dem Stehenden zu. Heiner ist bekannt für so manche lustige, wie auch deftige Anekdote. Und so sind die Männer gespannt, was er denn wohl heute wieder von sich geben wird.

„Ich war damals eingeladen zu einer Treibjagd, im hohen Norden. Und wie heute war es damals bitterkalt. Auf jeden Fall hatten wir am Abend auch kaum Wild auf der Strecke liegen, was der Stimmung aber keinen Abbruch tat. Beim Schüsseltreiben wurde ausgiebig gebechert und gelacht. Die Jagdgesellschaft bestand meist aus älteren, einheimischen Jägern, ich war wohl der Jüngste. Und so manch einer war voll wie eine Haubitze. Es war schon ziemlich spät in der Nacht, vielleicht war es auch schon Morgen, als wir uns aufmachten, um in die Kojen zu kriechen. Kaum waren wir raus aus der Kneipe, da musste sich Jens, ein alter Obertreiber, plötzlich übergeben. Er hustete und würgte ganz stark, und mit einem Mal kotzte er sich sein Gebiss aus dem Gesicht, mitten auf die Straße. Das hatten wir erst gar nicht so richtig mitbekommen, bis auf einmal Jens auf allen Vieren auf dem glatten Weg herumkroch, um sein Gebiss wiederzufinden. Als wir es schließlich in der Dunkelheit entdeckten, war es schon auf der Straße festgefroren. Was der Jens auch versucht, er bekam es aus der eisigen Klammer nicht los. Einer von uns zog seinen Jagdnicker aus der Scheide und wollte schon mit dem blanken Stahl als Hebel nachhelfen. Aber der olle Jens greinte mit seinem zahnlosen Mund, dabei würde ja sein schönes Gebiss in alle Stücke gehen. Also, da standen wir nun um dieses Malheur herum und wussten keinen Rat. Ich hatte nun an dem Abend auch reichlich gebechert. Urplötzlich spürte ich meine prall gefüllte Blase und hatte nur noch das Bedürfnis, mich schnellstens zu erleichtern. Da durchzuckte mich eine Idee. Schnell knöpfe ich mir die Hose auf, zog blank und schlug mit einem kräftigen Strahl mein Wasser ab, genau auf das festsitzende Gebiss. Das gab vielleicht ein Gejohle, aber nach und nach bekam ich sogar Beistand. Schließlich standen wir alle in der Runde und pissten vergnüglich auf die Straße. Und was soll ich euch sagen, das Gebiss konnten wir danach völlig unversehrt aus der Pfütze heben. Jens war überglücklich, wischte seine Dritten einmal mit etwas Schnee ab, und eh wir uns versahen, verschwand das gute Stück wieder zwischen seinen Lippen."

Die kleine Kneipe bebt, als die Stammtischrunde aus vollem Hals losprustet. Die Männer können sich vor Lachen kaum noch halten. Nach einer Weile ruft jemand in die immer noch grölende Runde, „Heiner, das ist das beste Jägerlatein, was ich in letzter Zeit gehört habe." Heiner schaut vorwurfsvoll über den Tisch. „Nee, nee, mein Jung, das ist kein Jägerlatein." Was er weiter sagt, geht im lauten, anhaltenden Gelächter seiner Kameraden unter.

Gnaden bringende Weihnachtszeit

„Guten Morgen, meine Damen und Herren."

Dr. Gunkel betritt den Klassenraum und geht mit großen Schritten auf das Pult zu. 18 Augenpaare sehen ihn mit Spannung an. Maria sitzt in der dritten Reihe links außen am Fenster. Wie ihre Klassenkameraden aus der Oberprima ist sie ein wenig aufgeregt. Heute steht die letzte Deutschklausur für dieses Jahr an. Man darf gespannt sein, was der Gunkel sich wieder ausgedacht hat.

„Wir haben uns in letzter Zeit verstärkt mit Kurzgeschichten beschäftigt. Außerdem mit phantastischen Erzählungen und realen zeitgeschichtlichen Artikeln. Ich habe daher für die heutige Klausur ein Thema ausgesucht, das all diese Punkte zusammenfasst."

Dr. Gunkel schaut auf seine Oberprima und muss leicht schmunzeln. Er mag diesen Deutschleistungskurs und hatte in den letzten Tagen viel Spaß an seiner Idee zur heutigen Aufgabe. Wenn sie auch etwas ungewöhnlich scheint, so ist er doch der festen Überzeugung, dass die Klasse die Aufgabe exzellent lösen wird und vielleicht selbst Spaß daran haben wird.

„Bitte verfassen Sie in den nächsten drei Stunden eine Kurzgeschichte zu dem Thema: Wie bin ich auf diese Welt gekommen?"

Ein leises Raunen durchzieht den Klassenraum. Wie die meisten ihrer Klassenkameraden ist Maria verblüfft. Da haben sie in den letzten Tagen verschiedene Themen ausgetauscht und gerätselt, was der Doktor denn wohl diesmal für eine besondere Aufgabe wählen würde, und dann solch ein Thema. Sie blickt auf ihr Papier vor sich. Bisher ist nur das heutige Datum am rechten oberen Rand eingetragen.

Sie schließt die Augen und denkt nach. *Was gibt es hierzu auszuführen.* Plötzlich fällt es ihr wie Schuppen von den Augen, und ihre Geschichte läuft wie ein Film in ihrem Kopf ab. Eine Geschichte, die ganz ungewöhnlich ist und die sich lohnt, niedergeschrieben zu werden. Sie nimmt ihren Füller und beginnt zu schreiben. Aber was ist das? Sie beginnt nicht oben auf der Seite sondern ein paar Zeilen tiefer. *Den Titel meiner Geschichte kenne ich ja noch nicht, den lass ich mir bis zum Schluss!*

Der Wald ist tief verschneit, es ist kalt. Rings um die weite Wildwiese stehen mächtige Bäume, die Fichten auf der rechten Seite dunkel und mit tief herabhängenden Zweigen. Auf der linken Seite ist ein Buchenaltbestand. Die Bäume stehen weiter auseinander und man kann teilweise den schneebedeckten Boden sehen. Hin und wieder ist der weiße Grund unterbrochen von goldgelben Tupfen des herabgefallenen Buchenlaubes. Die alten Buchen strecken ihre Äste wild verzweigt in den klaren, dunklen Himmel. Auch auf diesen Ästen liegt dick der Schnee.

Es ist später Nachmittag, und der Mond ist bereits aufgegangen. Kurz vor Vollmond steht die fast vollständig helle Scheibe knapp über der schwarzen Dickung am anderen Ende der Wiese. Es ist still im Wald. Ab und zu hört man ein leichtes Rieseln, wenn etwas Schnee von den Bäumen herunter gleitet. Hin und wieder ein leichtes Rascheln. Da, in der Ferne ein leises „huh, huh, huh". Der Kauz ist auch schon unterwegs.

Am Rand der Wildwiese steht ein mächtiger Hochsitz. Eine geschlossene hölzerne Kanzel thront auf vier, vielleicht sechs Meter hohen Stangen, die seitlich mit mehreren Querverstrebungen in den Boden verankert sind. Eine steile Leiter erklimmt die Höhe und endet in einem kleinen Vorbau, welcher im Gegensatz zur Kanzel nicht überdacht ist. Wie schwarze Augen blicken die kleinen Luken an den Seiten der Kanzel in den Wald. Zwei der Luken sind offen. Täuscht der Blick, oder quillt nicht aus einer der Öffnungen ein grauer Nebelschleier hervor, der sich rasch in der klaren Luft verflüchtigt. Auf dem Hochsitz scheint sich ein Jäger nieder-gelassen haben. Ungewöhnlich, heute am Heiligen Abend.

Der alte Mann in der hölzernen Kanzel blickt durch die geöffnete Luke auf die wie mit einem dicken weißen Tuch abgedeckte Wiese. Was für ein stiller, friedlicher Nachmittag! Die Kälte hat sein zerfurchtes Gesicht leicht gerötet. Seine kleinen, braunen Augen blicken unter dicken Augenbrauen hervor, die im Gegensatz zu seinem kurzgeschnittenen eisgrauen Backenbart noch das Braun seiner Haare aufweisen. Der Mann sitzt auf einer Bank aus dicken Bohlen und hat sich in einen dick gefütterten Lodenmantel gehüllt. Auf seinem Kopf ein alter Jagdhut, unter dessen zerknautschter Krempe noch ein paar Haare hervorschauen. Um den Hals hängt ein schwarz gummiertes Fernglas. Die Beine des Mannes verschwinden in einen dunkelgrünen Ansitzsack, über dem seine behandschuhten Hände wie gefaltet liegen. Neben ihm auf der Bank liegt ein abgewetzter Rucksack, aus dem die graue Schnauze eines vor sich hin dösenden Teckels hervorblickt. In der rechten Ecke des Hochsitzes steht eine Büchse mit kurzem Lauf, ein sogenannter Stutzen. Doch halt, das Schloss der Büchse ist ja offen, so als sollte an dem heutigen Abend der Stutzen nicht mehr zum Einsatz kommen.

Wie schön es hier ist, im tiefen stillen Wald. Allemal besser als im Dorf, denkt sich der Mann. *Die Leute hasten ja noch bis in den späten Nachmittag hinein ganz geschäftig umher, um die letzten Dinge für das bevorstehende Weihnachtsfest zu erledigen. Da liebe ich mir doch diese Stille.*

Wie in den letzten Jahren auch ist Josef, oder wie die Nachbarn über ihn sagen, der olle Jupp, an diesem Nachmittag des Heiligabends mit seinem Teckel Max aus dem Dorf geflüchtet, um in der Stille des Waldes sein Weihnachten zu begehen. Seit seine Frau tot ist und auch die Kinder aus dem Haus bei ihren Familien das Fest verbringen, kann er es zuhause an den Feiertagen nur schlecht aushalten. Hier im Wald findet er den Frieden, seinen Erinnerungen an Margot und die Kinder nachzukommen.

Auf der gegenüberliegenden Seite der Wildwiese treten zwei Rehe aus der Dickung. Der alte Mann hebt das Fernglas an seine Augen.

Ah, das ist die Ricke mit dem kräftigen Bockkitz. Der alte Mann lässt das Glas wieder sinken. *Schau an, die beiden haben auch Weihnachten und suchen sich unter dem Schnee einige Kräuter,* denkt er. *Ich lass sie mal schön in Ruhe. Die Büchse habe ich ja nur für alle Fälle mitgenommen. Aber heute ist kein Tag zum Schießen.*

Es schmunzelt leise und streicht mit der rechten Hand über seine rechte Manteltasche. Dort kann er unter dem dicken Loden das Patronenmagazin spüren. Er hat seine Büchse überhaupt nicht geladen.

Plötzlich heben beiden Rehe ruckartig das Haupt und sichern seitlich in den Wald. In der Ferne ist das Brummen eines Motors zu vernehmen. Erst ganz leise wird das Geräusch immer lauter. Im ansonsten stillen Wald hört es sich wohl noch lauter an, als es in Wirklichkeit ist. Die wenig befahrene Straße durch den Buchenwald führt in rund 300 Metern an der steilen Anhöhe entlang. Sie wird selten und nur von Einheimischen als kurvenreiche Abkürzung ins nächste Dorf benutzt. *Wer fährt denn um diese Zeit am Heiligenabend hier noch durch den Wald*, geht es dem alten Mann durch den Kopf. Sein Gesicht dreht sich leicht in Richtung des Motorengeräusches.

Die Rehe haben mittlerweile den Dickungsrand angesteuert und verschwinden eben wieder in der dunklen Wand der jungen Fichten. Plötzlich ein lang anhaltendes Quietschen, dann ein dumpfer Schlag. Steine rollen, und dann ist ein fürchterliches Brechen und Bersten von Holz zu vernehmen. Max, der Teckel, schreckt hoch und kommt aus dem Rucksack hervorgekrochen. Er streckt seinen kleinen Körper, windet zur Luke hin und versucht winselnd mit seinen kleinen Pfoten die niedrige Tür der Kanzel zu öffnen.

Da muss etwas Schlimmes passiert sein! Der Alte hat sein Fernglas gehoben und versucht, durch das Dunkel des Waldes irgendetwas zu erkennen. Schon liegt wieder das tiefe Schweigen über dem dunklen Wald. Nun kommt Bewegung in den alten Mann. Er steht auf, greift sich Max und packt ihn wieder in den noch warmen Rucksack. Dann wirft er Rucksack und Stutzen über den Rücken und klettert zügig, auf die rutschigen Stufen der steilen Leiter acht-gebend, von der Kanzel herunter.

Der Mond scheint immer noch so hell, dass der Alte ohne Schwierigkeiten seine Spur vom Angehen im Schnee erkennen kann. Er stapft in diese ausgetretene Spur und geht langsam in Richtung des alten, ausgefahrenen Holzrücke-Weges, der in einem leichten Bogen von der Wildwiese weg zur Straße führt. Es ist mühsam, im dicken Schnee einen sicheren Tritt zu finden. Bald kann der Mann den lichten Teil der Straße erkennen, und mit den letzten Schritten über eine Schneewehe erklimmt er die steile Böschung.

Dort muss er erst einmal verschnaufen. In dicken Wolken entweicht die Atemluft seinem weit geöffneten Mund. Ein paar tiefe Züge noch, und er wird langsam ruhiger. Tiefe Stille um ihn herum. Weder nach rechts noch nach links kann er im Verlauf der Straße etwas erkennen. *Halt, was ist denn das? Ein leises Stöhnen. Kommt es nicht von rechts?* Er geht langsam die hangaufwärts führende Straße hinauf. Auf seinem Rücken wird Max immer unruhiger. Er will aus dem Rucksack heraus, und seine Pfoten trommeln förmlich auf dem Rücken des Alten.

Da, wieder ist ein Stöhnen zu hören. Und plötzlich sieht der Mann auf der schneebedeckten Fahrbahn tiefe, hin und her schlingernde Reifenspuren. Auf der Straße ein dunkler Fleck. Im Schein der Taschenlampe ist dunkles Blut zu erkennen. Der Alte lässt den starken Strahl der Lampe hin und her gleiten. Da erkennt er im linken Seitengraben einen fast schwarzen Körper. Das Wildschwein ist noch warm. Seine linke Flanke ist total zerstört und blutig. Es ist tot.

Plötzlich ist von der anderen Straßenseite ein leises Weinen zu hören. Rasch überquert er die Straße und kann nun das ganze Ausmaß des Unfalls erkennen. Tief unter ihm am Hang liegt im niedergewalzten

Fichtengestrüpp ein Auto auf dem Dach. Wieder ist von dort unten ein Geräusch zu hören. Vorsichtig tastet sich der Mann einen Weg den verschneiten Hang hinunter.

Jetzt steht er an dem zerborstenen Wrack eines Kombis. Die Scheiben sind zersplittert, die Heckklappe ist aufgesprungen, genauso wie die Fahrertür. Ein lautes Stöhnen. Da, einige Meter links von ihm sieht er einen dunklen Klumpen im Schnee liegen. Und wieder ist ein tiefer Seufzer zu hören. Fast ein Röcheln. Es kommt eindeutig von diesem Klumpen. Der alte Mann beugt sich zu dem Klumpen nieder. Aus den Falten eines abgeschabten braunen Mantels schaut ein blutverschmiertes Gesicht, die Augen geschlossen hinter langen blonden Strähnen versteckt. Es muss eine noch junge Frau sein. Die blonden Haare sind ebenfalls mit Blut getränkt, und als der Mann den Kopf der Frau ein wenig dreht, sieht man auch warum. Eine dicke Platzwunde am Hinterkopf mit mittlerweile schwarz verkrustetem dickem Blutklumpen lässt nur einen Schluss zu. Sie hat einen heftigen Schlag abbekommen, der den Schädel eingedrückt hat.

In diesem Moment schlägt die Frau ihre Augen auf und stiert ihn entsetzt an. Ihre Augäpfel sind blutverschmiert. Der Mund öffnet sich, als will sie etwas sagen. Aber es kommt nur ein tiefer Seufzer über die Lippen. Dann streckt sich der Körper und das Kinn sackt leicht gegen den Mantelkragen. Ein Blick in die brechenden Augen zeigt dem Mann, dass sie ihr Leben ausgehaucht hat. Er drückt ihr mit seiner linken Hand die Augen zu und erhebt sich.

Was nun? denkt er. *Hier kommt jede Hilfe zu spät!* Aber es ist ihm klar, dass hier ein schrecklicher Unfall geschehen ist, an diesem Heiligen Abend. Er hat wie immer in den letzten Jahren sein Handy zuhause gelassen, um in aller Ruhe im Wald sein Weihnachtsfest zu feiern.

„Ich muss ins Dorf und die Polizei benachrichtigen!", sagt er zu sich selbst und wendet sich um.

Da ist es ihm, als hört er wieder ein leises Greinen. Er stutzt und beugt sich noch einmal zu der Frau herunter. Dies nutzt Max, der sich mit einem beherzten Sprung aus dem Rucksack befreit und sogleich mit seiner Nase unter dem braunen Mantel verschwindet. Sein kleiner Körper zittert förmlich vor Aufregung. Der alte Mann schlägt den Mantel zurück und erschrickt. Um den Leib hat die Frau ein Babytuch gebunden. Direkt unter ihrer Brust lugen ein paar helle Haare aus dem Wollstoff. Jetzt kann der Mann auch deutlich das Greinen hören.

Da ist ja ein Kind drin! Schnell öffnet er den dicken Knoten des Tuches. Vor ihm liegt ein Baby mit rotem Gesicht und schreit jetzt, als die Umhüllung entfernt ist, aus leicht geöffnetem Mund. Die Lider sind fest zugedrückt, und das kleine Gesicht wirkt ziemlich verzerrt. Der Mann streicht mit seiner rechten Hand leicht über das kleine Gesicht. Es fühlt sich ganz kalt an. *Oh mein Gott, das kleine Ding wird noch erfrieren, wenn es nicht schnell in eine warme Stube kommt!*

Er schält das Babytuch von Körper der Frau, packt das Kind wieder vorsichtig hinein und hebt es an seine Brust. Es ist mittlerweile still geworden.

Der alte Mann eilt die Straße entlang. Mit seinen Armen drückt er das kleine Paket sacht gegen seine Brust. Nur nicht das Baby erdrücken. Max ist im Rucksack verstaut und liegt wieder ruhig, die graue

Schnauze kann man eher erahnen als dass sie aus der leicht zugeschnürten Öffnung herausschaut. Es hat angefangen zu schneien. Die weißen Flocken hüllen den eilenden Mann ein. Dazu gesellt sich ein eisiger Wind.

„Ich muss mich beeilen, sonst erfriert mir das kleine Ding hier noch!" Der alte Mann spricht zu sich selbst. Die Worte sind allerdings kaum zu hören, da der Wind immer lauter durch die Straße pfeift, die jetzt eine Schneise in den Wald schneidet. Die kahlen Buchen ächzen unter seinen böigen Schlägen. Schweiß läuft über das zerfurchte Gesicht des alten Mannes. Plötzlich ein heftiger Stich in der Brust. Er kommt ins Straucheln und kann sich gerade noch mit einem Kniefall abstützen. Er keucht und fährt sich mit einer Hand über die schweißnasse Stirn. Noch ein Stich, der Schmerz wandert über die linke Schulter bis in den Arm.

Jetzt bloß nicht schlappmachen, ich muss es noch bis ins Dorf schaffen! Der Alte kämpft sich weiter, mit schleppendem Schritt gegen den Wind. Da vorn wird es schon etwas heller. Bald hat er den Waldrand erreicht. Sein linker Arm schmerzt höllisch. Er kann kaum noch das Tuch mit dem Kind halten, taumelt aber weiter.

„Ich schaffe es nicht, ich schaffe es nicht!", schreit er förmlich gegen den Wind.

Da erblickt er rechts die weit vor dem Dorf stehende kleine Kirche. Der Lichterglanz der großen Fichte, die vor dem Eingang aufgestellt ist, scheint matt durch die wirbelnden Schneeflocken. Der Mann lenkt seinen Schritt von der Straße und stapft durch die dick verschneite Wiese direkt auf die Kirche zu. Der Schnee reicht ihm fast bis zu den Knien, und ihm fällt der Weg noch einmal so schwer. Nur noch ein paar Schritte, dann hat er die niedrige Mauer er-reicht, die den alten Friedhof umschließt. Jetzt erkennt man auch die hell erleuchteten, bunt verglasten Fenster. Drinnen rauscht gerade das Vorspiel der Orgel.

„Oh, du fröhliche, oh, du selige…". Das kleine Kirchenschiff der Dorfkirche lässt den Gesang der Gottesdienstbesucher zu einem großen Jubelchor auswachsen. Die Kirche ist gut gefüllt. Alle Bänke sind besetzt. Hinten, unter der Orgelbühne, drängen sich die Besucher, die keinen Sitzplatz ergattern konnten, um den runden Taufstein.

„Gnaden bringende Weihnachtszeit...". Der alte Mann taumelt in die Kirche. Schnee liegt auf seinem Mantel und tropft leise auf die großen Steinplatten. Keuchend drängt er die Besucher aus dem Weg und schleppt sich mit letzter Kraft durch das Mittelschiff in Richtung Altar. Die Menschen schauen erstaunt hinterher. Einige vergessen zu singen und starren mit noch offenem Mund auf die Loden umhüllte Gestalt mit dem Rucksack und der Büchse auf dem Rücken. Auch der Pfarrer schaut vom Altar erstaunt hinab auf die Gestalt, die nun fast die Stufen zum Chorraum erreicht hat.

Die Kraft verlässt den alten Mann. Noch einmal hebt er das Paket in seinen Armen dem Altar entgegen, als wiederum ein stechender Schmerz durch seine Brust zuckt. „Ein Unfall im Wald, das Kind…"

Röchelnd sinkt er auf die Knie und hätte der Pfarrer ihm nicht das Deckenpaket im letzten Moment aus den Armen genommen, wäre es samt dem darin liegenden Kind auf den Boden gefallen. Während der alte Mann sterbend auf die Platten niedersinkt, fängt das Kind in den Armen des Pfarrers an zu greinen.

„Gnaden bringende Weihnachtszeit…" von der Orgelbühne rauscht ein letzter Schlussakkord.

Der Rest ist schnell erzählt. Fast das ganze Dorf begleitete Josef zu seiner letzten Ruhestätte auf dem alten Friedhof neben der kleinen Dorfkirche. Niemand sprach seitdem mehr von dem ollen Jupp, vielmehr dachten die Leute aus dem Dorf eher an den guten, alten Josef. Das Kind, ein kleines Mädchen, hatte niemanden mehr, seine Mutter war tot, der Vater unbekannt. Es kam daher zu einem jungen Ehepaar in Pflege, welches erst vor kurzem ihr eigenes Kind durch einen traurigen Schicksalsschlag verloren hatte. Und eine Woche vor Ostern taufte es der Pfarrer auf den Namen Maria.

So bin ich auf die diese Welt gekommen. Ein alter Mann hat mir am Heiligen Abend erneut das Leben geschenkt und seins dafür hergegeben. Maria schreibt die letzten Zeilen unter ihre Kurzgeschichte. Jetzt kennt sie auch den Titel. Sie blättert die eng beschriebenen Seiten zu-rück und blickt kurz aus dem Fenster in das Grau des Wintertages. Dann setzt sie ihren Füller an und schreibt über den Text „Gnaden bringende Weihnachtszeit".

Om Purman

Was für eine Nacht! Es ist kalt, aber erträglich. Nur noch eine knappe Stunde bis zum Jahreswechsel. Hier draußen in der Feldflur ist es überhaupt nicht dunkel. Unzählige Sterne funkeln am klaren Nachthimmel und mit einem fast vollen Mond geben sie genug Licht, so dass die kleine Wandergruppe ihre Taschenlampen noch gar nicht benötigen. Hinter ihnen liegt das Dorf, noch ruhig das neue Jahr erwartend, während die wenigen Wanderer auf einen kleinen, bewaldeten Hügel zusteuern. Sybille ist eine der letzten Fußgänger. Ihre Hände hat sie in den tiefen Manteltaschen vergraben. In der linken Tasche knistert bei jedem Schritt leise ein Stück Papier. Ihre Rechte umklammert in der Tiefe des Stoffes ein kleines Stöckchen. Im Seminar haben sich alle Teilnehmer auf diesen Augenblick vorbereitet. Immer wieder haben sie in einzelnen Übungen und Sequenzen all ihre Unzulänglichkeiten, Schwächen, Fehlentscheidungen, all ihre Ängste ihrem Stöckchen anvertraut. Nun, zum Jahreswechsel, wollen sie das Holz dem Feuer übergeben, wollen alles Belastende der Vergangenheit auslöschen.

Auch Sybille hat in den letzten Tagen eine Menge Verborgenes in ihrem Inneren wieder belebt. Es war für sie richtig anstrengend, sich ihren Schwächen und Ängsten zu stellen und diese aufzuarbeiten. Dass es den übrigen Seminarteilnehmern ähnlich erging, war zwar eine kleine Hilfe, trotzdem tat es ziemlich weh, sich mit den alten, bereits verdrängten Erlebnissen zu beschäftigen. Dabei haben sie auch ein paarmal ihre Emotionen überrollt, sie konnte ihre Tränen nicht zurück halten. Vor allem in dem Augenblick, als sie an die Trennung von Phillip dachte. Eine Trennung, die ausschließlich sie,

Sybille, zu verantworten hat. Das jedenfalls hat sie in den letzten Tagen erkannt. Damals war es ganz anders. Da war er der Schuft, und sie hatte zu keinem Moment daran gedacht, es könnte auch an ihr gelegen haben. Nun ist ihr klar, sie hatte stets von ihm verlangt, alle seine Interessen hintenan zu stellen. Stattdessen sollte er stets ihr Leben teilen und immer für sie da sein. So bemerkte sie erst gar nicht, wie Phillip sich mit der Zeit immer mehr zurückzog. Als er dann plötzlich die Trennung wollte, fiel sie aus allen Wolken. Erst in den letzten Tagen hat sie die Situation von einem anderen Standpunkt aus betrachtet und ist zur Einsicht gekommen, dass es gerade ihre Forderungen und Ansprüche waren, die ihn regelrecht flüchten ließen. Irgendwie taten ihr die Tränen gut, reinigten ihr Herz. Und so hat Sybille ohne große Schwierigkeiten ihren einzigen Wunsch für das neue Jahr auf den Zettel geschrieben.

Die kleine Gruppe ist mittlerweile am Wäldchen angekommen und sucht sich einen Weg durch die lichten Bäume. Ab und zu leuchtet eine Taschenlampe auf, einen sicheren Tritt den Hügel hinauf suchend. An höchster Stelle des kleinen Hügels ist auf einer Lichtung eine Feuerstelle mit einem Steinkranz errichtet. Olaf, der Seminarleiter, nimmt einige trockene Reisigzweige aus seinem Rucksack und stapelt sie in der Mitte des steinernen Rings auf. Dann entfacht er die Zweige mit einigen Kaminanzündern. Bald schon brennt ein kleines Feuer. Die Wanderer stehen im Kreis um das Feuer herum. Langsam holt jeder sein Stöckchen hervor. Einer nach dem anderen tritt in die Mitte, um das Hölzchen, und damit seine Vergangenheit, den Flammen zu übergeben. Nachdem alle Hölzer ihren Weg ins Feuer gefunden haben, nehmen sich die Anwesenden an die Hand und stimmen ein kleines Lied ein.

Om Purnam Adah Purnam Idam
Vollkommenheit dort ... Vollkommenheit hier

Sybille ist ergriffen. Sie hat einen Kloss im Hals und kann gar nicht richtig mitsingen. Sie blickt ins Feuer und erkennt ihr Stöckchen, wie es vollständig Feuer gefangen hat. Wieder kann sie ihre Tränen nicht zurück halten und ihr Blick verschleiert sich. Das Feuer ist für sie nur noch ein flackerndes Rot und Gelb. Die Singenden bewegen sich leicht im Takt.

Purnat Purnam Udachyate
aus der Vollkommenheit entfaltet sich die Vollkommenheit

Wie gut nur, dass alle ins Feuer schauen. So nimmt niemand Anteil an ihren Tränen.

Noch einmal züngeln die Flammen gen Himmel. Sybille hat den Eindruck, als würde mit jeder hoch lodernden Flamme ein Dämon aus ihrer Vergangenheit entfliehen. Im Strom ihrer Tränen fühlt sich seltsam befreit. Langsam brennen die Hölzer nieder. Der Gesang verstummt Olaf mahnt, nun die Zettel mit den guten Wünschen für das kommende Jahr dem Feuer anzuvertrauen. Einer nach dem Anderen holt einen Zettel aus der Jacke oder dem Mantel, legt ihn in die Glut. Sogleich fängt das Papier Feuer und verwandelt sich in Asche.

Als Sybille mit ihrem Zettel ans Feuer tritt, fangen im Dorf die Glocken an zu läuten. Das neue Jahr beginnt. In diesem Moment weiß sie, ihr einziger großer Wunsch wird in Erfüllung gehen. Sie legt ihren Zettel auf die Glut. Deutlich erkennt sie in dem auflodernden Feuer sein Gesicht – Phillip.

Bo Sauer

Ich wurde 1955 in Dortmund geboren und wuchs im sog. Ruhrpott auf. Seit einigen Jahren veröffentliche ich unter meinem Pseudonym kleine Texte und Kurzgeschichten, in denen ich meist eigene Lebenserfahrungen literarisch verarbeite.

Der Titel des vorliegenden Büchleins „Von oben ist auch eine Perspektive" soll zeigen, dass viele meiner kleinen Geschichten auf der Grundlage von Beobachtungen entstanden sind. Erst durch einen Perspektivwechsel bekomme ich einen gewissen Abstand, der mir hilft, meine Botschaften gezielt in Kurzgeschichten unterzubringen. Eine Kernbotschaft vieler meiner Geschichten lautet: „Liebe Dich selbst und Deinen Nächsten. Deine Liebe hilft, sämtliche Unzulänglichkeiten im Alltag zu meistern."

Wer mehr über Bo Sauer erfahren will, sollte auf meine entsprechende Facebook-Seite schauen. Hier stelle ich in unregelmäßigen Abständen auch meine, durchaus gewollt politisch angehauchten, „sauren Gedanken" zu Themen des täglichen Lebens ein.

Bisher veröffentlichte Bücher

„Saure Drops – gelutscht und nicht verschüttet" bietet einen bunten Strauß von Kurzgeschichten, mal süß, mal sauer. Die hier gesammelten Geschichten sind mittlerweile auch in verschiedenen Anthologien veröffentlicht.
ISBN: 9783746012230

„Caddy" ist eine Hommage an einen der schönsten Golfplätze in Deutschland, den der Autor, der selbst ein leidenschaftlicher Golfer ist, bisher gespielt hat.
ISBN: 9783746030838

In den letzten Jahren spielten meine Gedanken immer dann mit mir, wenn ich besondere Situationen im Alltag bewusst in mir aufnahm.
(Bo Sauer)
„Wenn graue Zellen tanzen" eine kleine Sammlung dieser Spielereien der grauen Zellen.
ISBN: 9783744885478